變成自己想望的大人

侯文詠

Contents

Chapter 1 那些努力的，這些好玩的…… 005
Chapter 2 自主支持與基本教義派 039
Chapter 3 畫靶射紅心與攀岩找支撐 067
Chapter 4 更高、更遠的地方——道 095
Chapter 5 眼前這一步——術 121
Chapter 6 關於命運這件事 151
Chapter 7 那些讓我睡不著的事 173
Chapter 8 我們終將一再相遇 227

Chapter 1

那些努力的，這些好玩的……

那時候，我一點也不知道，
那個「努力」的世界並沒有消失，
它只是暫時蟄伏，將來還會幽靈似的如影隨形。

在我成長的過程中，總是聽到：「成功是一分天才加上九十九分努力」、「一分耕耘一分收穫」之類的金句，教科書上也充滿了諸如鑿壁偷光的匡衡、寫完了一缸水的王獻之、連下雪也要去上學的納爾遜將軍之類的「努力」故事……這類勵志的故事。在我那個年代，想不讀到都很難。

儘管我從小是個有點古靈精怪的學生，但成功需要靠努力這個概念——雖然不愛，在年輕的時候從沒懷疑過。

三十幾歲讀博士學位的時候，發生了一件事，給了我很大的衝擊。

那時我已經在醫院擔任主治醫師了，一邊攻讀著臨床醫學研究所的博士學位，一邊還出版了《大醫院小醫師》、《淘氣故事集》等文學作品，在不同的領域疲於奔命。

在此之前，我已經修完了課程，通過了博士班的資格考試。緊接著就是提出口試論文。根據學校的要求，我至少必須發表兩篇研究論文在相關領域排名前二十名的醫學期刊上，才能正式提出相關的博士論文口試的申請。

儘管我已經在實驗室做了幾年的研究了，校方規定的那兩篇研究報告，卻變成了關鍵的瓶頸。在這之前，我已經在歐洲重量級的醫學期刊上刊登了一篇研究論文，但我的下一篇論文，卻屢屢被退稿。

那時候，只要一忙完醫院的工作之後，就想辦法再挪出更多的時間，進實驗室努力地做實驗。儘管如此，我的研究報告，還是不斷地被不同期刊的審稿者挑剔、甚至直接退稿。儘管蠟燭兩頭燒，但我催促自己投注更多的時間與心力，努力做更多實驗。無奈，投出去的論文一直在碰壁。

醫學研究的論文，大致上可以分兩種。一種是原創性十足的。另一種是me too型的。當時我在實驗室所做的研究論文——很不幸地，算不上是什麼原創性十足的題目。

為什麼不做原創性的題目呢？

這牽涉到作為一個小小的研究生的資源、視野的問題。做沒有人嘗試過的研究題目，意味著無法估計的風險。長期做下去，有很大的機率，可能只是在漫無目的地浪費時間。

我做的，比較靠近人云亦云的 me too 型論文。

（舉例來說，A 藥物可以治療某個疾病。那麼我就用這個結構類似的藥 A2、A3，試試看是不是也一樣，或者能更好的效果。這樣的論文，雖然也有一定的價值，但因為缺乏原創性，被戲稱為 me too 論文。）

me too 的研究，有一定的目標，也有固定的模式，不但風險較低，規模以及資源在我能力範圍所及，被優質期刊刊登的機會也並不是全然沒有。特別是在我的第一篇研究論文幸運地被接受刊登之後，我心想——如果說蓋一棟好的房子，除了建築師外，還需要好的工人，那麼學術界應該也一樣。不如，我就好好當一個基礎醫學界的藍領階級吧。

想要邁向成功，我需要的，只是更多的努力。過去這樣，未來也是這樣。如此而已。我告訴自己。

當時世界疼痛醫學會在維也納召開。醫院的高層──或是出於某種KPI的考量，希望──或暗示我應該報名去參加這個醫學會，並且在交流觀摩會上張貼海報。所謂的交流觀摩會其實是一個展覽場，讓研究者張貼自己的海報互相交流。由於是以交流為目的，所以攤位的申請不需經過任何學術單位的同僚審查。這類的發表對我的論文與口試申請，一點幫忙也沒有。

我一心掛念實驗室的進度，加上請假期間，醫院的臨床工作需要找人替代，我對於這個七、八天以上的行程，感覺很勉強。但雅麗（親愛的老婆）卻慫恿我去。她認定我與其這樣在實驗室打轉，還不如出去散散心，找一些新的靈感。

「再說，我也沒去過維也納——如果你覺得必要的話，我可以把病人都取消，陪你一起去。」

關於故事，大部分的作家都堅信，最重要的法則——把最重要的對白留在最後面說。雅麗這樣說，完全印證這個說法。

儘管她說得一派輕鬆，儘管我有一千個，一萬個不樂意，但我可以感覺到，我的情勢內外交迫。

這樣的人生，會不會太無聊了？

我從很小就學會把事情分成：一種是努力的、另一種是好玩的。

所謂好玩的事情，並沒有任何目標。純粹就是為了享受那個做的過程，可能會發現、或者發生什麼。

那個時代沒有網路、沒有手機、更沒有電子遊戲。無聊占據了我大部分的生活。所以，作為一個小孩，我得想盡辦法去找好玩的事情。從灌蚱蜢、拿橡皮圈瞄準紗窗上的蒼蠅（以維持環境衛生為名）、觀察蚊子的飛行，故意弄走行列中的幾隻螞蟻，看牠們多久才開始反應，到站到樹枝上試試走多遠樹枝才會斷掉……每天出門前，我就想著到處找看看有沒有什麼新的樂趣。

所謂的「努力」，這樣的事，要到了我讀了小學一年級之後才開始出現的。

我從小學一年級就顯現考試的才華，總是全部學科考滿分五百分。還記得有一次考試前一天下午放溫書假，我在街上玩耍。老師看到我，隨手抓一把商店裡的糖果塞到我手裡，對我說：「你趕快回家吧。要不然同學看到你都沒努力就考第一名，一定會很不平衡。」

我不排斥努力。對我來說，設定一個目標，用最有效率的方式完成，如果只花一點點時間就可以被老師稱讚，還得到同學的認同、尊敬，相當划算。

小學三年級，我開始學習寫作文。當時老師是這樣教的。他說：作文要分三段（隨著我們程度變好，接著也有四段的格式）。以「珍惜光陰」這個題目為例。第一段開始先破題。破題的意思是說，找一句俗語或聖賢說過的話。例如：「一寸光陰一寸金。寸金難買寸光陰。」說明古人為什麼要這樣說，或者這句話為什麼好。

接著第二段是延伸：從生活中找出一些愛惜時間的好處，不愛惜時間的壞處。比較優缺點，最後是結束在對第一段論點的肯定。

最後第三段是結論：因為有了前面的比較，論述，因此這段要抒發自己的感觸，然後立志珍惜時光，好好努力。

用這樣的三段式公式，不管題目是珍惜時間、講守信、誠實、朋友……全部都可以代入。

剛開始的時候我還覺得有點挑戰，不過，寫了幾篇作文之後，我就開始覺得有點無聊了。

我開始寫「好玩」的作文。當時電視只有三台，大部分的節目都很無聊，除了卡通影片之外，我最喜歡一個叫做《貝貝劇場》的偶戲節目。其中華小海是男主角，小瓜呆是他最好的朋友，兩個乖乖、傻傻的孩子每一集都到糖果國、群鳥國、無人國等不同的國度去冒險。

故事裡面有很多擬人化的動物，這些動物有些邪惡、有些善良。有些幫助華小海和小瓜呆，有些等著看他們出糗。動物們不但有個性，出場的時候還有自己的主題曲。學識淵博的貓頭鷹的主題曲一開始是這樣唱的：

咕咕嚕咕咕嚕，咕咕嚕博士真糊塗……

還有一隻名叫八頓將軍的大象，名叫灰和尚的禿鷹……這些歌的主題曲，一直到這個年紀，整首歌我都還能唱得出來。

通常節目還沒開始，我就守在電視機前等著那些動物上場，只要牠們的主題曲一播放，我就會模仿動物，開派對似的，跟著又唱又跳。半個小時下來，我總是把自己搞得又喘又累。

我開始創造自己想像的冒險故事。寫這些故事很好玩，邊寫邊想像那些難關、幫助我，阻止我的對手。不到故事寫完，連我自己都不曉得會有哪些精采的事發生。故事結尾，通常跟我一開始想像的完全不同，簡直像是我自己也參與了一場探險一樣。這樣寫作文固然有趣，但似乎前途不怎麼被看好。我記得有一次，我被派去參加作文比賽，作文比賽的題目是——勇氣。我突發奇想，完全跳脫三段式的格式，寫了一篇類似的冒險故事，彰顯勇氣的重要性。結果可想而知，當然是名落孫山外了。

有個老師用一種恨鐵不成鋼的表情看著我，對我說：

「你作文明明還不錯啊，為什麼要寫這些有的沒的。」

很快我就弄明白，只有按照老師所期待的方式寫的，才叫做作文。不用那個方式寫的就不算作文。作文比賽的時候，寫的如果不是作文，當然不可能得獎。我驀然發現，原來作文也分兩種，一種是屬於「好玩」那一國的，另一種是屬於「努力」那一國的。

隨著時間過往，需要「努力」的事越來越多，「好玩」的事越來越少。學數學時，數學老師先在黑板寫下公式，讓大家先把公式背起來。背完之後，再找出題目來，示範如何套公式解題。老師說，不會就背起來，背不起來就吃下去。接下來就是不斷的練習題。不只這些，還有國文、英文、歷史、地理、生物、理化……總之，一切的一切，都是為了在考卷上寫下標準答案。

誰能寫下越多的標準答案，就能夠優先選擇想要的學校與科系。

那時候流行一種叫「蝸牛升學」的桌遊。具體的玩法就是蝸牛背上一個@型的迴圈，每個人從出生玩起，擲骰子一路前進，根據骰子上的點數，從幼稚園一路進進退退，慢慢從小學、中學、高中一路升學……

最先取得博士學位的人，就是優勝者。印象中，另外還有一首跟蝸牛有關的歌。

不只考卷有答案，人生的前途、身分地位、成就高低，也都有清楚的方向和目標。世界是穩定、自給自足的。

一切的努力，都是為了爭取那個努力能達到的目標。

高中之後，「好玩」的世界，差不多已經完全被「努力」的世界打趴，癱在牆角奄奄一息了。從鬧鐘一響，睜開眼睛開始，到處都是「努力」、「奮鬥」的最前線，金戈鐵馬、呼嘯馳騁。

讀書、做測驗卷、檢討、考試、檢討、讀書、做測驗卷、檢討、努力。努力。努力……

「好玩」的作文，變成了我稍稍能喘口氣的避風港。

我像是帶著小三出門怕碰到狗仔那種做壞事的心情，偷偷摸摸又無法自抑地閱讀從琦君、張曉風，到黃春明、白先勇、余光中、楊牧、瘂弦、鄭愁予……這些前輩作家的作品。

忽然想起／但傷感是微微的了／如遠去的船／船邊的水紋……（〈水紋〉夐虹）

工作、散步、向壞人致敬，微笑和不朽／為生存而生存，為看雲而看雲／厚著臉皮占地球的一部分……（〈深淵〉瘂弦）

這次我離開你，是風，是雨，是夜晚／你笑了笑，我擺一擺手／一條寂寞的路便展向兩頭了／念此際你已回到濱河的家居／想你在梳理長髮或是濕了的外衣／而我風雨的歸程還正長……（〈賦別〉鄭愁予）

第一次讀到這些句子，那種真摯的情意、勁爆的創意，以及內心相對呼應的渴望、震撼、炫目……到現在，我都還能清清楚楚地感受到。

我也說不上來為什麼，但似乎只有在那個世界裡，我覺得自己真真實實地存在。

矛盾的是，這種真實存在的感覺。在我所存在的另外一個「努力」的世界裡，卻是虛幻的。一百分的國文考題分布中，作文就占了四十分，其餘的六十分才是國文課本外加中國文化基本教材（《論語》、《孟子》）。

我參加大學入學考試是一九八〇年的事情。當時作文題目的命題，基本上，跟清朝末年科舉的題目，差異不大。就以我應試的前七年作文的題目來說，分別是：

曾文正公云：「風俗之厚薄，繫乎一二人心之所嚮。」試申其義（一九七三）

「吾嘗終日而思矣，不如須臾之所學也。」試申其義（一九七四）

言必先信，行必中正說（一九七五）

仁與恕相互為用說（一九七六）

一本書的啟示（一九七七）

人性的光輝（一九七八）

憂勞所以興國，逸豫適足亡身（一九七九）

當時我們想盡辦法拿到考古題還有作文的範例，把它當成練習題的答案似的，試圖把握其中公式般的規律、背下其中的經典句型，好在將來正式的考試時，也能用那樣的口氣，板著臉孔說話。

輪到我應試那一年（一九八〇）國文作文考題是：「燈塔與燭火」。

在考場看著題目，我愣了幾分鐘。

燈塔跟燭火都跟光線有關。一個大，一個小。燈塔只能用來照明、指引方向，燭火卻有多種用途。用民主時代的邏輯來思考的話，這個題目的脈絡應該是：

到底燈塔（政府）應該為燭火（個人）服務，還是燭火（個人）應該犧牲自由與權益，配合燈塔（政府）的權力與目標⋯⋯

當時台灣還在戒嚴時期，一黨獨大的國民黨政府仍然堅持「反攻大陸」的目標。回到當時的歷史脈絡，就在前半年才發生了美麗島事件，參與的主事者（這些人後來都變成了民進黨的大老或顯耀的政治人物），全被用叛亂的罪名判處了徒刑……

不追隨那個主流脈絡，冒險地寫出自己內心的想法固然有機會得到高分，但更可能閱卷老師根本不認同我的觀點，給了我懲罰性的分數……

大概過了三分鐘左右，我窩囊地決定選擇了那個政治正確、風險最小的脈絡。

個人像燭火，光芒雖然微小，卻是社會基礎。燭火如果聚合起來，就能形成巨大光芒，像燈塔一樣放出巨大的光芒。作為社會國家的一分子，如果我們也能夠服從在大有為政府的領導之下……

那些夸夸而談的大話我寫得還算流暢，最後我似乎還寫了反攻大陸，解救同胞這一類的文字。我知道我寫的作文內容平庸，但平庸就是我保存「努力」的戰果，最佳的防守策略。

一個多月之後，我收到了成績單——作文的部分，我得到了跟大部分的人平均差不多的分數。靠著其他科目較高的分數，我如願地考上了醫學系。

那一年，我從南部到台北念大學。之後的一、二十年間，台灣的政治經濟正發生重大的變化，民意代表改選、總統直選，政黨輪替即將開始。各式各樣的選舉造勢場合、演講、抗議示威遊行，讓人目不暇給。此外，蘭陵劇坊、雲門舞集、表演工作坊、各式各樣的影展、演唱會……也都在我眼前的世界，繽紛燦爛展開。

開學沒多久，我在耕莘文教院聽到了黃春明老師的演講。

當時晚上八點檔的黃金時段有一齣電視連續劇收視率高達40％——這意味著，光是台北市就有八十萬人坐在電視機前面收看連續劇。八點十分，當第一個廣告進來時，許多人起身上廁所，上完廁所之後，當然就是按水沖洗抽水馬桶。

「我有一個朋友在自來水公司做事，就在八點十一分的時候，觀察到自來水廠蓄水的水位陡然下降。」黃春明老師說。

接著是一陣笑聲。等到笑聲稍止之後出現的，黃老師說出了那句對我的人生很大影響的一句話。他說：

「在一個所有的人都看一樣的連續劇、在同樣時間上廁所、按馬桶的世界活著，諸位會不會覺得，這樣的人生太無聊了？」

我受到很大的鼓舞，開始參加社團、大量閱讀書籍、看電影。想辦法讓自己成為那個變化的一部分，追求擁有一個「不無聊」的人生。

我並沒有太多的時間去思考自己大學聯考作文的事。對我來說，那些事情都已經過去。閱讀過那麼多心儀的文學作品後，我告訴自己，從此我不會再為了那個「努力」的世界，勉強自己寫出任何違背心意、毫無創意的一字一句了。

那時候，我一點也不知道，那個「努力」的世界並沒有消失，它只是暫時蟄伏，將來還會幽靈似的如影隨形。

就這樣拿到了博士學位

回到在維也納舉行的世界疼痛醫學會。

儘管背負著極大的壓力、儘管心不甘情不願，但我還是乖乖地去了。疼痛醫學會場上，聽著各式各樣大老發表的精采演說，各種眼花撩亂的研究成果——一切正如我所預料。越是看到別人生龍活虎的創意，以及扎實的實驗數據、圖表，推論，我的內心越是充滿了焦慮。

一直挨到了會議最後一天的海報交流觀摩，我坐在自己的海報攤位前顧攤。由於重要的演說大半已經結束了，會場人潮有點稀落，偶爾有幾個廠商過來，問了一些無關緊要的問題，遞了名片之後，我就真的沒什麼事可以幹了。

正當我百無聊賴地翻著奧地利的旅遊書時，一位白白胖胖的老先生走過來，在我的海報前站了一會兒。我抬頭瞄了他一眼，他戴著白色呢帽、一襲西裝，打著紅色的領結，一派紳士模樣與派頭。我們交換了一個微笑，他又繼續認真地讀著我的海報。

過了一會兒，他忽然用有點口音的英文問我：「你是韓國人嗎？」

我愣了一下，告訴他我來自台灣。

「我是德國人。」他自我介紹了他的名字，在大學裡教藥理學。

「你為什麼這麼問？」

「因為我的媳婦是韓國人，她的名字跟你一樣有個『詠』，所以我以為……」

我客氣地解釋，韓國跟台灣在各方面都受到中國的影響很大，可能跟這個有關。他恍然大悟地點了點頭。

出於禮貌，我簡單地說明了一下我的海報。不知是否也出於禮貌，他問了幾個問題。一聽他的問題，我推測，他對於我研究的領域——過敏性疼痛的細胞分子機制，顯然是不熟悉的。儘管如此，德國教授還是露出饒富興味的表情，跟我聊著。基於敬老尊賢的教養，我也認真、耐性地回答了他的問題。那之後，我們才賓主盡歡地相互道別。

正要離開時，走了幾步，他回過頭來，忽然對我說：「你何不試試××藥物？」

××藥物？我不太熟悉那個藥物，客氣地請他寫下來那個藥物的名字。他拿出一張名片，在上面寫那個藥物的名字。他簡單地說了一下那個藥物的機制。笑著對我說：「也許你可以試試。」

說完，跟我道再見，離開了。

我也跟他說再見，順手收下了那張名片，放進口袋裡。

見識過相近領域的學者、專家那麼多精采成果，自己又跑去自助旅行了好幾天，我回台北之後走進實驗室的心情其實是沉重的。

我一邊整理維也納的海報、會議資料以及名片，一邊心中升起一種「完蛋，這次一定畢不了業了！」的沮喪心情。

整理到德國教授的名片時，我注意到他來自漢堡大學。好奇心驅使下，我查了一下他的背景，不查還好，一查才意外地發現他竟然是歐洲一份重要的藥理期刊的總編輯。

我把德國教授順口提到的那個藥物的資料，認真地研究了一遍。我甚至去找來德國教授之前的論文，試圖搞清楚他的思維。越研究，我就越發現他的建議是我從來沒有想過的。雖然只是換了藥物，但他想探討的方向，跳脫了當時我原來實驗設計的底層邏輯，是從藥理學更高的層次去思考問題的。

要研究這個問題——我評估了一下實驗需要的資源，以當時的情況，的確有點困難。但我心想，我本來的動物實驗模式是既有的——這已經至少滿足了百分之七十的條件，其他的部分——管他的，反正死馬當活馬醫再說。

新的實驗進行得非常順利。一個月不到，我就做完了一輪新的控制組與實驗組的實驗。我把所有的數據丟進電腦的統計軟體裡，出乎意料地，跑出了想像不到的結果。

山不轉路轉，我靈機一動，根據新的思維，寫出了跟過去不太一樣的論文，直接投稿到德國教授主編的藥理學期刊去。

跌破眼鏡地，稿子投出二個禮拜之後，我收到了那份期刊的審稿編輯的回應。或許是從來沒有臨床醫師用過敏性疼痛的動物模式去測試那個藥理學的假設，我這篇文章，對他們來說，充滿了新鮮的創意。

他們提出了一些好奇的疑問，我不但一一回覆，同時又做了一些實驗，補上一些新的資料，回應了對方的問題。差不多又過了一個多禮拜，我就收到了論文接受通知。

那之後半年左右，我完成論文，通過博士論文口試，拿到了博士學位。有一段時間，我以為我能拿到博士學位，只是僥倖。我甚至有點冒牌者症候群的心情，一點也不知道該怎麼理解或解釋碰到德國教授這樣的好運。

直到又發生了很多事情之後，我才慢慢理解到，我一直以為的僥倖，並不全然只是僥倖。

寫作能不能至少有點好玩？

再回到那些好玩的作文。

大學時代我曾經夢想過將來當電影導演。這個夢想被我媽潑了冷水，說是不切實際。我媽說的的確也沒錯——當醫師的同時，要再當電影導演，根本是不可能的事。當時我雖然被說服，卻心有不甘。我心想，雖然寫作沒有當導演那麼刺激，但是同時當醫師加上寫作，退而求其次，應該是有機會的吧。

我開始利用課餘的時間寫作文，在刊物上發表文章。我努力模仿名家的筆法。從張愛玲的華麗孤寂、海明威那種力透紙背的簡單、到黃春明的慈悲憐憫……我越是模仿，內心就越覺得挫折。我甚至會無知又一廂情願地想著，為什麼我的世界沒有張愛玲那種華麗淒涼的出身、沒有海明威的世局戰亂、沒有黃春明的鄉土貧窮，為什麼我只能出身在一個平庸又沒有什麼故事的小康家庭……

那幾年，我迷上了小津安二郎所導演的電影。小津的電影最特別的地方，在於他的故事非常的日常、普通，更沒有什麼太大的情節起伏，但我卻深深地感到著迷，連自己都說不上來怎麼一回事。只要是小津的電影，我都可以一看再看。

大學五年級的有一天早上，我學小津安二郎的女主角原節子，用湯匙慢慢地攪拌剛剛泡好的咖啡，靜靜地感受自己的那一剎那，我忽然理解到：即使是寫作，也是沒有標準答案的。我喜歡的作家所寫的，是他們的人生，是他們的答案。我的人生，是不一樣的問題，因此我想要的答案，也只能從我自己的人生裡面尋找。

既然當醫師這件事，已經是一件需要很多「努力」的事了，為什麼不能讓寫作——至少有點「好玩」呢？

這是我對寫作這件事，慢慢形成的必須「好玩」的堅定信念的開始。換個角度說，因為好玩這樣的信念，所以寫作對我來說，漸漸變得很堅定。

之後是見習、實習、當兵、住院醫師、主治醫師、就讀博士班……十多年來，以「好玩」為主軸的寫作，其實根本沒有任何「事業」上的企圖。但超乎想像地，這些作品，竟讓我得到好幾個文學獎，並且出版了《大醫院小醫師》、《親愛的老婆》、《離島醫生》、《淘氣故事集》這些作品。更意外地，它們得到讀者喜愛，一本接著一本在暢銷排行榜上，熱賣不斷。

「努力」寫的作文，得到平庸的分數。但「好玩」的作文卻受到歡迎、得到收入。「努力」做的實驗一再被拒絕。天馬行空地去奧地利「玩」，卻讓我意外地得到德國教授的建議，以至於最後發表了論文、通過了口試。

這跟我原來的認知都非常衝突。到底是：

「努力」被高估了，其實「好玩」更有前途？或者，反過來，我透過「好玩」所得到的那些成就，其實只是運氣？

我當時的想法很矛盾。

儘管如此，我已經三十六歲了。看到了更多的世事無常、病人死亡之後，對於自己到底能不能變成自己想望的那種大人，老實說，連我自己都有種說不上來的迫切感。從寫作文、到實驗室的論文，一再地重複的掙扎……在在都讓我覺悟到，如果我不刻意去追尋自己想要的人生，我這一生能見識到的，或許全都只會是「努力」那一國的風景了。

拿到博士學位那一年，我辭去了醫師的工作，全心全意成為一個專職作家。事後，有媒體採訪我，形容我是：「基於對寫作的熱愛，『毅然決然』地辭去了醫師的工作。」

老實說，這樣的描述並不精確。所謂「毅然決然」辭職的心情，真正要說起來，更接近冬天跳進冰冷的湖泊那種心情——戰戰兢兢、誠惶誠恐，充滿著不確定卻無法自我克制的衝動，但面對眼前的新情境，又不得不使出渾身解數，奮力求生存。

辭去醫師成為專職作家之後，我曾有過很多彷徨、猶豫的時刻。

很久之後，驀然回首，雖然擔心、猶豫在所難免，但那其實只是走向不同的命運，必然經過的轉折點。

或許因為是自己的選擇，碰到困頓挑戰時，就得硬著頭皮解決問題。大部分這些困難，都沒有什麼先例可循，因此不得不更傷腦筋、加緊努力。在這個解決問題的過程中，因此學會了很多新的本事，認識許多有趣的朋友，引來了更多有趣的事。甚至寫了更多作品，跟更多讀者分享了自己更多的感受，得到了更多的共鳴與回饋。

因緣際會，二十多年下來，我出版了各式各樣的散文、長篇小說、有聲書，還變成了編劇、影視製作人，經歷了廣播節目主持人、演講者、書籍主編、文學獎、夢想計畫評審、心靈成長營隊負責人、公共電視、中華電視公司、各種新聞、教育、文化、飲食各種公益基金會、出版公司、上市公司董事、一家網路公司的創辦人，我甚至還報名參加了三鐵、潛水、馬拉松比賽……這些事，有些成功了，有些失敗了，有些有很好的收入，也有一些花了很大的力氣，卻吃力不討好。

這些雖然算不上什麼豐功偉業，但無論如何，它們都源自於我自己的選擇與熱情，光是做的過程本身就是足夠的回報了，其他的收穫只能算是意外的錦上添花。

認真想想，在還沒確定到底是「努力的」，或「好玩的」更有前途前，就讓自己貿然跳進「好玩的」旅程，實在冒險。但話又說回來，如果非得清清楚楚地看見前方的目標，才願意「努力地」向前走的話，我辭去醫師工作之後所經歷的這些有趣的事情，大部分都不會發生了。

就像當年，如果不是被迫作了去維也納「玩」的選擇，我根本不可能幸運地撞見德國教授。沒遇見德國教授，我就不可能得到新的靈感與連結。少了這些連結，不管我在實驗室多「努力」，我也不可能做出創新的論文來的。

蘋果創辦人史蒂夫．賈伯斯（Steve Jobs）曾說過：

「創造力就是將事物連接起來。當你問創意人士他們是如何完成某件事時，他們會感到有點內疚，因為他們並不是實際做了什麼，而是看到了某些東西……他們能夠將自己曾經經歷過的事情連接起來，並綜合出新的東西。」[1]

有創造力的人為什麼能看到別人沒看到的呢？說穿了無他，當大部分人的目光，都被該努力的目標牢牢吸住時，他們多出了「好奇」、「好玩」的想像，看到了不太一樣的事物。

創造性的人生也是一模一樣的道理。

我曾看過一個彩券行的廣告詞是這樣的：

就算財神爺想幫你，你至少也給祂機會才行。

這句很能打動人心的話，給我的啟示是這樣的：某個程度，想得到好運，還必須在好運發生之前，作出容易撞見好運的選擇才行。

1 英文原文出自：https://www.wired.com/1996/02/jobs-2/

像那盞車尾燈的存在

那次維也納的醫學會議其實還有一個沒說的故事。會議結束之後，我跟雅麗租了車，往維也納的山區、德國慕尼黑的方向，一路旅遊過去。

那時候GPS導航還不普遍。我邊看地圖邊開車。有一個下午，天色變暗了。我開著租來的車繞呀繞地，以為很快會繞出山區，沒想到前面的路越繞越覺得不太對勁。我停下車，找出地圖，仔細地查看了一下，完全無法確定自己的位置到底在哪裡。繼續開車前進。天色更暗。路上又起了濃霧，汽車越開心裡越是覺得毛毛的……

繼續前進嗎？還是後退？後退到哪個路口改道，心中一點概念也沒有。

我就這樣戒慎恐懼地開了將近二十分鐘，才在附近看到住家的燈光。冒昧地開車進去，比手畫腳地說明了來意。對方毫不猶豫地就發動車，要我們跟著他的車。

我在山路蜿蜒的暗夜濃霧中跟車，只看到模模糊糊的車尾燈。有時一個轉彎，車尾燈消失了，只能憑著記憶繼續前進。直到轉個彎，車燈又再度出現。就這樣，小小紅色的車尾燈在迷茫中時隱時現。但無論如何，僅僅是那樣，心裡就多了一份篤定，知道自己能夠走出這個山區。

我就這樣夢境似的尾隨著前車，花了將近二十幾分鐘，終於抵達大馬路路口。他停下車，搖下車窗，伸手跟我比了比前方，要我繼續前進。開車經過他的車時，我搖下了車窗，跟他揮手道別。駕駛座裡面，他那個笑容還有帥氣的樣子，到現在我都還清楚地記得。

那時候，我心裡有一種衝動，想著：如果可以的話，有一天，我也要變成類似暗夜迷霧中的車尾燈那樣微弱的光亮，成為陪別人走一段自己熟悉的路，給別人帶來信心的人。

一開始想寫一本像這樣的書，是從這個畫面開始的。

Chapter 2

自主支持與基本教義派

想辦法維護他嘗試錯誤的機會，
是做父母親最難做到的事，
但卻是給孩子最珍貴的大禮物。

我以為的親子教育，實際上卻是……

我媽是個小學老師，她關心孫子的功課，也熟悉他們的學期進度。隨著小孩長大，回南部省親返北時，除了食物外，塑膠袋裡面開始出現了小孩的測驗卷。

她篤信測驗題目做得越多，考試成績越好。我認同的教育方式跟我媽完全相反。小孩不學鋼琴想停課，可以。不想寫功課，也行，我把印章交給他們，讓他們在聯絡簿上自己蓋章。

「畢竟，最後要為將來負責的人，是你們自己。」

我會給孩子建議，但堅持最終決定權在他們自己身上。

（我相信每個小孩都有想學習的本能。這個在《不乖》的開章明義篇寫過，就不浪費篇幅了。）

我堅守底線，嚴格表達立場。我媽也很有分寸，只要我在場，一定不會硬塞。但不硬塞並不代表她會放棄。一回到台北沒幾天，郵箱裡一定躺著她寄來的牛皮紙袋信封。大紙袋打開，裡面有兩個小紙袋，寫著老大和老二的姓名。小紙袋再打開，裡面全是她精心收集，不同出版社的測驗卷，以及教師專用解答本，國、數、自、社，應有盡有。

我打電話跟我媽抗議。我媽嬉皮笑臉地說：

「好，好——我知道你有你的教育理念。但是我是老師，我也有我的教育理念。」

我說：「可不可以讓我用『我的』教育理念教『我的』小孩？」

我媽說：「好的教育，放諸四海都可以的，何必分你的或者是我的。」

「重點是什麼教育才是好的教育吧。」

「當然是我的教育。」我媽理直氣壯地說：「你看看你自己就知道。我很有信心。」

她不但寄東西來，還會利用時間，分別打電話給雅麗、以及兩個孩子，諄諄教誨、耳提面命。告訴他們做各式各樣測驗卷有多好，又多好的道理。

雅麗是個認真負責的牙醫師。她在診所忙了一整天，往往一回家就接到婆婆關心小孩測驗卷進度的電話。一場奮鬥好不容易結束，另一場奮鬥又開始了。

我們家的兩個小孩鬼靈精怪，成長過程中，花樣一點也不輸給我。我本來期待的親子關係像是古希臘神殿前，柏拉圖與學生智慧的對話與思辨。無奈教育現場活生生變成金字塔的建造工程。苦力長雅麗小姐揮舞長鞭，催促苦力們追趕進度。麻煩的是，苦力不想蓋金字塔，天天想方設法偷懶摸魚、造反叛變。

我既不認同我媽的基本教義，金字塔現場又天天雞飛狗跳，真是煩不勝煩。我跟雅麗說：

「我對教育的想法妳又不是不知道，」我抱怨說：「妳幹嘛什麼事都聽我媽的？」

「我做媳婦的當然要尊重婆婆。」

「以後這種事我出面跟她說就好。」

「你出面了她還不是一樣打電話找我啊。我又不能不接你媽的電話。」

我不開心了，提高聲音說：「妳到底是嫁給我，還是嫁給我媽？」

「我當然是嫁給你。但問題是你媽是婆婆啊，」雅麗也提高音量說：「我們家的規矩就是尊重長輩。你跟你媽怎樣我管不著，但我從小的教養就是這樣。」

話說天下三分，阿嬤、媽媽、爸爸各自盤踞一方。啟發式的自主支持教育與考試填鴨教育互相衝突排斥。我渴望的核心價值，毫無立足之地。

每天上演的三國演義小孩心知肚明。但上有政策，下有對策。不想測驗卷時，小孩高舉我自由教育的理念大旗當擋箭牌。碰到阿嬤拿出好吃好玩的誘之以利時，又毫無節操地倒向阿公阿嬤那邊，見縫插針，遇洞灌水，左右逢源。

父母的「越位犯規」

我媽當了一輩子的小學老師，是一個很優秀的老師。在讀書這件事情上，我媽媽溫和而有耐性，她從不用語言暴力、或情感脅迫小孩用功讀書。她強調的那套完整的教育理念，可以說是那個年代的主流基本教義。跟我媽的辯證是消耗時間、消耗耐性的。她諄諄善誘，孜孜不倦。基本上，我們兩個人總是半開玩笑，半認真地進行著彼此的「洗腦戰爭」。她尊重我的意見與選擇，但反過來，我也試圖說服她，但那根本是不可能的任務。

我們彼此的論點有很大的差距，值得展開來討論一下。

我媽的第一個主要論點是：小孩子不可能天生就知道最有效率的辦法。你要教他，才能幫助他得到成功。

「我當老師那麼多年，教過這麼多學生，這是考試要拿到好成績最快的捷徑，我太清楚了。你不教他，他不可能摸索到自己去做測驗卷這個方法。」

這樣的想法我不認同，我的意見是這樣的：能有好成績我不反對，但問題是，代價太高了。在我的看法裡面，學科成績只是第一張入場券。但是為了成績，成長過程中需要鍛鍊的許多技能以及團隊合作的經驗——這些對後續發展更重要的能力，錯過了，其實並不一定划算。

再來，只會找標準答案的人，少掉一種自己定義問題、解決問題的能力。人的發展過程中，需要養成消化現實脈絡，掌握關鍵並且解決問題的能力。想要學會這樣的能力，需要很多的探索與嘗試錯誤。直接給答案固然解決了問題，但並不代表小孩有獨立解決問題的能力。

我在小孩成長的過程中，負責當那個任小孩發展的父親。

我的其中一個小孩，只學習自己喜歡的功課。到了國中，他不喜歡地理，也不交作業，搞到差點畢不了業。他上學總是遲到，還有一些服裝儀容的問題，更是雪上加霜，一直被記警告。老師打電話給雅麗，雅麗緊張得不得了。為了家庭氣氛和諧，我說，這件事我來負責處理。

我去跟小孩商量，「老師說你不寫地理功課？」

小孩講了一些理由。

「如果我是老師或者是校長，我會允許你這樣做。但現在重點是，你的老師不允許。老師不給你及格，你就畢不了業。在我看來，你起碼國中還是得畢業才行。這件事，在我的位置上能幫得上的忙很有限，解決問題最有效的方法，還是要靠你自己。」

「你希望我乖乖寫功課？」

「我希望你解決問題。至於問題怎麼解決，我相信你應該沒有什麼太大的問題。」

後來他果然自己解決了問題。我問他怎麼解決的。他也不多說，就跟我說：「反正就是解決了。」

他在家裡附近念國中，習慣不帶錢。後來去美國念高中，出門還是常常不帶錢。有一次放春假從東岸搭機去西岸找念大學的哥哥，臨時在機場打電話回台北。電話被我接到。

「喂，」他聽到我的聲音，「我找媽媽。」

「你媽不在，有什麼事找我也可以。」

他支吾了一下說：「我人在機場，身上有兩個大行李，但是國內班機一個行李要三十塊錢，我身上沒有錢……」

「嗯……六十塊錢。」我想了一下，當時他的零用錢都是家長寄放在寄宿學校，由學生定期去支領的，「所以，你打電話給媽媽是希望她怎麼幫忙……」

「她可以匯錢過來，或者看看其他有什麼方法……」一邊聊著，我看到雅麗走了過來，往廚房走去。我心想，如果她聽到兒子求救，少不了又要急急忙忙拜託曼哈頓的親朋好友開車去機場給小孩送錢。我裝作若無其事地繼續講電話：「就算電匯也需要時間，何況機場沒有銀行，你怎麼領錢？」

聽我這樣說，小孩好像有點失望。他說：「可是，飛機就要開了。」我說：「這樣，你很厲害的，我相信你一定有辦法解決問題。加油加油。等一下進關之前，打個電話回來，讓我們知道，你怎麼解決問題的。」

掛斷電話之後，雅麗問我跟誰說話。我裝出若無其事的表情說：「沒事，有個人來要錢，我讓他自己想辦法。」

大約過了四十分鐘，小孩打電話來，興高采烈地跟我說：「解決了。」

「我就知道你一定有辦法，」我說：「你怎麼解決的？」

「我在機場跟別人要錢。」

我愣了一下，不動聲色地說：「哇——比我厲害。這種事你爸還沒幹過咧，你怎麼做到的？」

「我盡量找有帶小孩的家庭開口要，開口問了十幾個家庭，結果只要到了四十塊錢。美國人比我想像的小氣一點。」

「那還差二十塊錢，怎麼辦？」

「沒事，我把行李塞一塞，丟掉一些東西，又丟掉一個行李箱，就解決了。」

「不錯噢，隨機應變。」我說：「還結餘十塊錢。」

「那是人家的好意，進關前，我把錢丟進機場的慈善捐款箱了。」

「太厲害了。」我說：「佩服，佩服。真是以你為榮。」

這件事後來被雅麗知道了，跑來興師問罪，她說：「小孩一個人單身在異鄉，人生地不熟地，你怎麼這麼狠心，就這樣丟他一個人，在機場到處要錢？」

「是真的有困難嘛，又不是叫小孩去騙錢。還做了好事呢。」我說：「非營利機構的執行長、政治人物競選、新創公司，誰不都在募款？不會募款、要錢，將來怎麼做大事？這種機會千載難逢啊，花錢都買不到。」

「你有沒有想過，要是他要不到錢，怎麼辦？」雅麗問。

「所以呢？妳打算拜託朋友從曼哈頓開車，送錢過去給他？」

「我相信我的朋友一定會樂意幫忙的。」

果然被我料到。

「他飛機一坐到西岸哥哥就在機場接他。最壞的情況就是把兩個行李都丟掉而已，哪有什麼風險？這種情況不讓他冒險，他哪有機會嘗試？」我說：「妳想像他聰明，他就變聰明。妳想像他笨，他真的會變笨的。」

我這個做爸爸的很辛苦，一邊要對抗我媽基本教義派，另一邊還要給我老婆洗腦。艱苦卓絕。

足球比賽有種規則，叫做「越位犯規」。進攻方的任一球員，不能超過對方底線倒數第二球員之前。父母親撫養孩子，也一樣。在孩子逐漸長大的過程中，做父母親的以「為孩子好」為名，過分主控、或者做出跑在孩子之前的解決方案，就是越位犯規。

直接給小孩答案，基本上就是在剝奪他學習、累積這些經驗的機會。孩子能犯的錯，越是在你還能承受的範圍時，越是要讓他嘗試。想辦法維護他嘗試錯誤的機會，是做父母親最難做到的事，但卻是給孩子最珍貴的大禮物。

那一次，小孩應該真的有學到一些事情。那之後，就再也沒有發生過出門不帶錢的事了。

自主式支持 vs. 心理控制

我媽的第二個主要論點是幫小孩養成紀律。

她認為，小孩很少天生就有紀律的，因此，從小你就要給他期望、壓力，讓他逐漸養成紀律的習慣。小時一旦養成紀律的習慣，就不會覺得事情很困難。

我媽說：「這種事，從小如果養成，他就會有好成績。一旦有好成績，他就願意忍耐做更多測驗卷。要不趁著還小灌輸，等到小孩子長大有自己的想法時，想要灌輸這個習慣，就來不及了……」

我反問：「難道要逼他一輩子嗎？」

我媽說：「他只要有這種習慣，將來長大之後，就會有外在的獎勵吸引他，因為已經嘗過甜頭了，這樣的小孩就會願意維持習慣，形成一個良性的循環。」

這樣的論點，我並不贊成。

首先，我覺得最重要的是求知的興趣。在我看來一個小孩如果沒有被引導出求知的興趣，靠著壓力，是很難成功的。

過去，還在集體化、工業時代，那時候需要更多製造業的受僱員工，追求一致、和諧的社會氛圍或許提供了這類的養成教育背景與助力。但這樣的社會氛圍，已經一去不返。在後現代化的環境中成長的小孩，對於這樣的高壓式教育，是很難認同的。

我曾讀過了一篇二〇二四年七月發表的薈萃分析論文。這篇論文分析了來自三十八個國家的兩百三十八篇研究，總樣本人數達到十二萬六千人。這個研究對比了兩種教育子女的方式：

一種是「自主性支持（autonomy support）」，指的是充分理解孩子的需求和興趣，尊重孩子的獨立性和選擇權。另一種是「心理控制（psychological control）」。指的是以對孩子好為名，對孩子進行懲罰、威脅和羞辱，或者類似：「不聽話，我們不愛你了！」的情感勒索。

研究結果非常明確，心理控制對孩子只有壞處。不管是心理健康還是學業表現，這種養育方式帶來的都是負面影響：它容易讓孩子感到焦慮和抑鬱，會消極應對學業挑戰，它減弱學習動機。想用高壓管教培養出一個吃苦耐勞，有紀律的孩子，結果可能正好相反。[2]

從這些研究結果，我們可以發現，一個小孩之所以會消極應對學業或者事業，正是他被剝奪了自主性的結果，而不是原因。我們說是給予目標跟壓力，就會讓他有紀律，得到成就，進而引發自主性學習，根本就是倒因為果。

更進一步說，心理控制式的教育就算真成功了，長久下來，小孩等於把外在的社會期待與價值觀，根深柢固地灌輸到內心。一個缺乏獨立思考的試錯過程，就得到所謂「成功」的人，很容易落到順服、從眾的格局。這樣的孩子將來在面臨社會變遷時，應變能力是相對薄弱的。

看似成功的模式，從將來面對的那個必然激烈變動的角度來看，風險其實非常高。

讓小孩有自信，重點是找到一條喜歡的路

我媽的第三個論點是：一旦小孩從小有好成績，他就對自己有自信，對未來的人生有目標。放任小孩，毫無目標地自由選擇，很容易就會失去方向，將來變成了躺平族、啃老族。

我說事情不是這樣。

當你為小孩設定了一個高大上的目標，讓他以為只有這條路，才是唯一的路。這條路，他被迫不得不走，卻沒有興趣、或沒有能力，學習的過

2 Bradshaw, E. L., Duineveld, J. J., Conigrave, J. H., Steward, B. A., Ferber, K. A., Joussemet, M., Parker, P. D., & Ryan, R. M. (2024). Disentangling autonomy-supportive and psychologically controlling parenting: A meta-analysis of self-determination theory's dual process model across cultures. American Psychologist. Advance online publication. https://doi.org/10.1037/amp0001389

程中，不管讀書、考試全都勉強應付，長久下來，當然不可能有傑出的表現。在這樣的情況下，就算資質再優異，挫折多了也一樣會失去信心的。

有人問：不管孩子說什麼都支持，不等於溺愛嗎？

支持和溺愛的最大的區別是：支持是要訓練孩子的能力，藉著孩子本身的興趣與熱情，不斷地回應現實的挑戰和回饋，透過這個過程，逐漸變得強大。

一個人學會新的本事，騎腳踏車、玩滑板、游自由式，或者一個作家創造出好的字句時，內心得到的激勵遠勝過其他的事。這種來自探索、發現與實現的快樂，不需要任何壓力、或獎賞，本身就有克服困難的動力。

溺愛正好相反，是替孩子把一切都安排好。剝奪他養成、得到這些能力的機會。

我從前在醫學院念書的時候，社團都擠在小小的幾棟鐵皮屋裡面，我那時候辦刊物，常常泡在社團裡。當時走來走去每天見到的都是這些辦社團活動的人。出了社會之後，大家慢慢長大，到了現在這個年紀，突然發現，傑出的學者、教授，醫院裡面的院長、副院長、各部門主管，好像都還是這些人。那種感覺有點恍惚，彷彿大家只是換了地方辦社團活動。

為什麼總是這些人呢？

道理其實也不難。因為這些人從大學時代就開始在辦活動——辦活動需要面對經費、面對人、協調場地、單位……這些學校沒安排的課程，讀書考試學不會的能力，正好是未來現實社會最需要的。這些經驗與能力，讓他們的領導力在同儕中，最容易顯現出來，也在不同階段，給了這些人更多被看見的機會，因而踩上不同的支撐點，繼續往上爬。

所以，時過境遷，回頭再看，讓小孩有信心的方法不是讓他成績好，而是幫助他找到自己喜歡，最適合的路。

我有個親戚的孩子，國文、數學學得很挫折，但是打遊戲一把罩，在虛擬世界已經擁有一個島，當到島主。一開始，父母親很挫折，小孩在班上排名不好，覺得小孩怎麼浪費時間都在打遊戲，漸漸才發現，他在網路上打遊戲，外國朋友一大堆，才國中三年級就英文嚇嚇叫……

這樣的小孩，在我看來，根本沒有什麼好擔心。

我曾在線上聽過巴菲特的一場演講，別人問他投資的秘訣，他說：投資不像打棒球。你只有三個好球的機會。當第三個好球出現時，你非揮棒不可。投資不是這樣。你只要投資自己懂的產業，等待對的時機出手，就一定能夠賺錢。考試制度之所以不合理，就是因為每一科什麼都考。這跟人生的落差很大。人生更接近巴菲特投資，想要成功，只要做好一、二樣自己喜歡的專長，不用樣樣都懂。書讀不好，長得很帥、演技很好，一樣可以既成功又受歡迎。數學不靈光，但身體強壯、靈活的人，一樣可以靠著各種運動比賽，變成運動明星。搞笑、愛說話，讓老師傷透腦筋的孩子，長大了變成綜藝咖、大牌主持人，一樣可以帶給大家歡笑，受到喜歡……真正的現實是，這個世界到處都是出路啊──認定只有一條最好的路，這種思維，真的是一點也不切實際啊。

所以想要讓小孩有自信，重點不是功課、成績好，而是要幫他找到一條自己喜歡的路。只要是自己喜歡的路，哪怕不是最有天賦的，因為喜歡、願意沉浸，漸漸也會累積出一定的專業程度。就算不是最出色的，只要真心喜歡自己在做的事，這個技能加上別的領域的技能，總會有機會創造出一條屬於自己，完全不一樣的路的。

時代會變，教育的方式也會

我媽的最後一個論點最難破解。她說：

「我養出來的小孩很優秀。養小孩我有成功經驗，你沒有，所以應該聽我的。」

我是我媽這一套教育成功的完美證明。我媽把這個當成她的終身成就獎，我硬要否認，對她不好，對我也不好。我唯一的說辭只有一個，那就是，時代在改變。過去有用的方法，不代表未來也一樣有效。我舉個例子：

幫蘋果公司代工生產手機的和碩公司董事長童子賢先生對我說過，他最佩服賈伯斯的地方在於他的減法思考。當年賈伯斯觀察到Windows中大部分的程式功能一般人平常用不到的。所以他刪除了許多消費者用不上的程式，把省下的空間，留給電池。這樣思維，造就了後來iPhone手機在市場的旋風。

在個人電腦的時代，Microsoft成功的方法是：「在程式裡面，塞進更多的應用程式。」但時代在改變，消費者對手機更在乎使用時間與電池的效能。過去的標準答案，不代表就一定是未來的標準答案。

市場是這樣，人也一樣。在這個快速變遷的時代，過去所謂的「優秀」，未來未必是優秀。過去所謂成功的方法，未來也未必成功。就像俗話說的，與其給他魚，還不如教他怎麼釣魚。在我看來，培養讓小孩理解現實，擁有自我調整的能力，才是成長的學習過程中最要緊的事。

我跟我媽這些討論，已經是很多年前的事了。在我的多方阻擾下，我媽終究沒能貫徹她的思維，繼續培養兩個孫子。我堅持給我的兩個小孩這樣的教育，直到寫稿子的當下，他們都三十歲上下了。我並沒有根據什麼樣偉大的既定目標或理想去培養他們，基本上，讓他們按照自己的意思，自由發展。他們跟我時而辯論真理，時而說說笑笑、互相消遣。他們有自己的價值觀，也有自己喜愛的工作，兩個人都讓我很放心。

想辦法讓父母放心

辭去醫師的工作，剛剛變成一個專職作家之初，我知道我媽媽對我其實很不放心。

有一次，嘉義縣頒發「嘉義之書」給我的小說《白色巨塔》，還邀請我演講。我特別把爸爸媽媽在嘉義的親朋好友都邀請到現場來，還刻意為他們安排在縣長第一排座位旁的貴賓席。當著所有長輩演講比平常吃力，我也說得戰戰兢兢。不過總算一切順利。

儒家思想說孝順的最高境界是顯親——這個思維顯然非常強大，看得出來爸爸、媽媽很開心。演講完之後，我安排了餐廳，請長輩吃飯，賓主盡歡。

付帳的時候，媽媽堅持她要請客，但我跟她說今天我有領到演講費，足夠支付兩桌宴席的餐費。她才不再作聲。回家的路上，我媽媽一臉疑問的表情問我：

「你就這樣說話，他們就給你錢？」

我點點頭。

「他們給你的錢，夠付兩桌的餐費？」

我又點點頭。

我媽意外的表情，忽然讓我理解到，原來我媽媽心目中演講或寫作的收入——用她那個年代的概念，是非常低的。難怪她對我辭去醫師的工作，這麼擔心。

在過去，能說善道並不是受歡迎的項目。所以孔子才會說巧言令色……但是到了現在，政治人物需要能言善道，廣播媒體需要侃侃而談，銷售網紅更需要口才辨給……這其中，沒有一樣不需要用到說話。我媽媽擔心我去當作家、或者變成靠演講、寫專欄的收入，只是出於她的關心。

從某個角度來說，我也是做父母親之後才體會到這件事的。碰到小孩的事，永遠有不放心這個，不放心那個的牽絆。儘管我跟雅麗都會想辦法自律，設法不要開口太多變成嘮叨，但這樣的父母親本能，很難逃避。

從那次之後，我總是盡量報喜不報憂。不但不再跟她辯論我的教育觀點，只是想盡辦法，讓她從各個角度，看到我喜歡我的選擇，享受自己的成就，想辦法讓她「放心」。

在我看來，顯親不一定是每個人都有機會做到的高標準，但是作為一個孩子，盡量讓父母親「放心」，是每個人都能做到，也應該想辦法做到的事。

媽媽最後的二十多年常常生病。從子宮頸癌、淋巴癌、阿茲海默、中風、腎臟衰竭……折磨很多。她住院的時候，我已經不在醫院服務了，只能用家屬的身分陪伴她。

曾有一次，她忽然若有感觸，語重心長地跟我說：「其實你這樣也很好……」

我說：「我很好，妳放心。」

她說：「你已經超越我跟你爸爸的期待了。你不要太拚命，自己身體要照顧好。」

我說：「妳也是，加油加油，身體一定會很快好起來的。」

我媽沉默了一會兒，忽然淡淡地又說：「早知道你喜歡寫作，當初我就讓你學文學，好好培養你變成作家……」

聽她這樣說，想起這些爭論了一輩子的事，其實就是她對我永遠不變的關愛，忽然有種想掉淚的感覺。

像她這麼有主見的人，因為關愛，放下了自己一貫相信的信念，給了我這麼多支持，以及這麼多自由。換成我作為父母親，如果碰到像我自己這樣的孩子，恐怕都沒能做到如此的相信與包容。

我又發了一會兒愣才恢復過來。我抱著她，不曉得該說什麼，只能一直跟她說：「謝謝妳，媽，謝謝妳。」

二〇二〇年Covid期間，媽媽離開了人世。

想起她的時候，不曉得為什麼，腦海不由得總會浮現這些跟她辯論的畫面。在所有畫面中，跟她擁抱的這一刻，是我此生最美好、最無法忘懷的珍貴回憶。

Chapter 3

畫靶射紅心與攀岩找支撐

什麼都沒發現，正是發現必要的過程。
只要繼續努力，有足夠的好奇，不斷探索、學習，
一無所獲根本是不可能的事情。

很久以後，我腦海還常常浮現我媽媽那時候說過的那句話：

「早知道你喜歡寫作，當初我就讓你學文學，好好培養你變成作家……」

她的好意，儘管我完全明白。但我想了又想之後，不免還是要說，如果真是這樣——我有很大的可能應該不會變成一個作家。

你想要平起平坐的對象是誰？

故事得從兩場演講說起。如果不是這兩場演講，我的作家生涯應該會完全不同。

先說第一場。

我大學時代，讀了很多毛姆、契訶夫、渡邊淳一以及麥克・克萊頓這些醫師作家的書。這些作家，讓我對所謂的「醫師作家」充滿了想像。我畢業、當兵退伍之後，進醫院工作前就打定了主意，要同時斜槓這兩件事情。

我一邊在醫院接受住院醫師的訓練，一邊利用空檔寫書。

我當時剛結婚，開始經歷婚姻的震撼教育。今天跟雅麗鬥嘴了，學到一些教訓，隨手就寫一篇心得、感想。當時沒什麼知名度，根本沒人邀我寫專欄，寫的時候，連投稿去哪裡都沒有著落。不過我自己倒是自得其樂，寫完想辦法這裡發表一篇，下一次，那裡再想辦法發表一篇。根本沒想過會集結變成一本書。

因為婚姻裡的所有麻煩是自找的，因此那本書就帶著一點輕鬆說笑，自我解嘲的風格。在那之前，我的作品是類似《七年之愛》、《誰在遠方哭泣》裡面那種短篇小說[3]，帶著當時報紙副刊的文學主流風格，一點小小抑鬱的文青風格。

3 這兩本書中的小說，後來集結成《侯文詠短篇小說集》，一九九六年，皇冠文化出版。

之前嘔心瀝血寫的書，賣得平平淡淡。《親愛的老婆》出版之後，竟然在沒做什麼宣傳的情況下，一路衝進暢銷排行榜。暢銷的結果，關於婚姻與愛情的演講邀約也來了。在那之前，我根本沒有什麼這類婚姻、愛情議題的演講經驗。雖然內心有點抗拒，但又心想，演講也算是新書宣傳的一部分吧，所以狠下心，逼自己硬著頭皮去講。

我開了二個多小時的車，到了現場，發現聽眾全部都是六、七十歲以上的老夫老妻。看見他們恩愛的樣子，想到我跟雅麗小姐一天到晚吵吵鬧鬧，當下有點腿軟，心虛得不得了。更糟糕的是，我太慎重其事了，把演講稿當成醫學會的論文發表在準備，加上緊張、忘詞，一場演講講得支離破碎、支支吾吾。

儘管聽眾很客氣，不吝嗇地給了我掌聲，但講完演講之後，我的心情惡劣得不得了，好懊惱自己胡說八道，浪費大家的時間。

一路開著車回台北，我忍不住把剛剛的側錄帶塞進汽車音響裡，重聽一遍，邊聽邊發現自己冷場、或者失誤的地方，忍不住一陣又一陣臉紅。

我那個年代的前輩大作家——像是張愛玲或沙林傑，都是既神秘又跟世界保持距離的，因此這類的演講，並不在我原來作為一個作家的想像中。當時我在醫院的工作並不輕鬆，這些「新書宣傳」工作對我來說，完全是額外的負擔。當時還沒有手機這個科技，因此我打算一回家就打電話跟編輯說，以後我決定不再接演講了。

在高速公路又開了三十分鐘左右，那些起起伏伏的情緒比較緩和了，我才開始注意到一些更細微的細節。有些我設想好的梗，聽眾根本沒有反應。有些是我表現得不精準，或者秩序錯亂，因此聽眾錯過了。另外還有一些情節，觀眾卻出乎意料地有很強烈的笑聲與反應。

回到家之後，我忍住了打電話的衝動，好奇地把同樣的錄音帶又聽了兩遍。聽完這兩遍之後，心裡忽然升起一種很奇怪的想法：

我一定要把這個本事練好。

我開始接受各種演講邀約。下班時間、休假時間，我幾乎都在跑演講，上山下海，各式各樣的聽眾，我都來者不拒。

每次演講之後，我會重複聽自己的錄音帶，開始注意自己埋的梗有沒有發生效果，哪些情節應該在哪裡調動。那些現場的互動，以及對於笑聲的計較，某個程度，改變了我寫故事的敘述風格。

我在書桌上放了一個座右銘。

Do Better to Be Equal。

直譯起來，這句話的意思是：做得更好，你才能跟別人平起平坐。但對我來說，我想要平起平坐的對象，其實是未來那個更厲害的自己。

必須超越現在的自己，才能成為未來自己想望的那個人。

我那時候醫院的工作繁重，又有很多生死離別的場面，能夠用輕鬆的角度寫出那些故事，對我來說，也是一種精神上的出口。在那之後出版的《淘氣故事集》、《大醫院小醫師》、《離島醫生》故事中，不管再荒謬或悲傷的情節，我都試圖帶著一種讓想像中的現場聽眾，或讀者感到開心的喜劇風格與元素——更精確地說，應該是他們的笑聲吸引了我、鼓勵了我，讓我在那個情況之下，支撐下來，並且樂此不疲。

這些帶著喜劇風格的書大受歡迎，一本一本登上了暢銷書排行榜。

那幾年，我的演講越接越多。甚至有一年演講（加上座談）上百場的紀錄。透過一場又一場的演講，我有機會不斷修改演講內容，漸漸總算能掌握演講的節奏，享受自己安排的爆點在現場爆發，以及從聽眾席間傳來的笑聲與掌聲。那些本來是用來自我改善用的側錄帶，也在出版社的建議下，變成了好幾本有聲書的出版。

書暢銷之後，批評也隨之而來。有人批評排行榜是一種墮落的現象，也有人批評我是為了銷路，只會搞笑。

改變我命運的第二場演講，是在那之後發生的事，至今我還印象深刻。那是一場演講最後的提問時段，有人舉手，他接過麥克風站起來，不客氣地說：

「侯先生，我覺得你寫的東西全都是垃圾。」

當時現場充滿了我的書迷，氣氛為之凝肅。

我愣了一下，試圖安撫自己。幾秒鐘之後，我想到了一個思路。我告訴自己，會有人願意當著這麼多人，來表達這麼強烈的情緒，一定有很高的期望或者是我不明白的道理。

我深吸了一口氣，當下回答他：

「謝謝你這麼直截了當地表達你的感受。我也覺得這些作品寫得不夠好。但這種想要追求更好的高標準，正是支持我想要繼續寫下去，寫出更好的作品最大的動力。」

演講結束後，出版社的工作人員對我說：「那個人是來鬧場的，你幹嘛那麼委曲求全。」

「讀者嘛，表達自己的想法很好啊，」我安慰工作人員：「更何況，他一定也有一些我沒做到的高標準吧……」

我會那樣回答，是真心誠懇的。我當然可以駁斥那個挑釁的讀者，自我捍衛，讓自己退回一個自我感覺良好的安穩世界。但那個所謂「更高的標準」對我的內心世界來說，是充滿吸引力的。

喜劇系列的作品寫多了，我自己隱隱約約也有種渴望，想要寫一些不是那麼「短小輕薄」的東西。可惜當時除了主治醫師的工作之外，我還念了博士班，開始進實驗室做研究，忙得團團轉。

但是那時候的我，就是想要試試，世界到底可以多大，我到底能夠觸及多遠。我心想，總有一天，我一定要寫厚一點、重一點，一個笑話都沒有的長篇小說。

那樣的思維，以我當時的狀態，根本只是一個不可能的想望。但當時我一點沒想到，光是那樣的念頭，已經足以讓我的人生軌跡開始變得完全不同。

隨著時間過往，那樣的呼喚持續著，並且變得越來越激烈。

如果不是……不可能……

三十六歲拿到博士學位之後，我辭去醫師的工作，成為一個專職的作家。

有了時間之後，我投入第一本長篇小說的書寫。

我一共花了兩年，寫寫停停，修修改改，終於寫完了《白色巨塔》。出版之前，社長平鑫濤先生讀完了作品，還特別來電給我打預防針。他說長篇小說不是當時市場的主流，希望我心裡要有最壞的準備，但出版社一定會努力做好行銷云云……我雖然被說得有些擔心，但還是安慰自己，要是讀者真的不接受，就當成給自己的人生一個交代吧。

《白色巨塔》出版之後，出乎意料地暢銷，也引起了許多共鳴、以及關於醫療制度以及體系的討論。那之後，我一鼓作氣，陸陸續續又寫了《危險心靈》、《靈魂擁抱》、《人浮於愛》幾本長篇小說。

開始有導演以及影視公司找上我，想要改編我的長篇小說拍攝成電視劇、影集。一開始我只是擔任劇本、醫療指導的顧問，漸漸，透過拍攝的過程，我學習到了影視相關的知識，甚至進一步開始自己寫劇本、擔任影視製作人，還進到公廣集團的董事會擔任董事，參與公共電視台、中華華視台的治理……

有個熟悉的朋友說我算是斜槓的先行者，他說：「別人的人生下的是象棋，你下的是跳棋。」我想一想，好像說得也沒錯。

跳棋或象棋、斜槓或不斜槓的事，我一開始其實也沒想過。但回頭看，一開始這樣隱隱約約，卻又說不出什麼目的的所謂熱情，應該就是推動這一切的一切，最重要的根本動力了。

如果沒有寫作，就不會有出版。沒有出版，也就不會有關於愛情與婚姻這個主題的演講邀請。沒有那樣的演講，就不會碰到那個困窘的場合。如果不是開車回來的路上聽著自己的錄音帶，後來就沒有想把演講練好的決心。如果不是那麼多場的演講，少了聽眾的笑聲、氛圍，我不可能寫下之後那麼多喜劇風格的故事。如果不是那些故事，我的書或許不會這麼大受歡迎。

如果不是那些大受歡迎的暢銷作品，我或許也不會在那次演講中得到「垃圾」的評論。如果不是那個刺激，呼應了某種我原來內心隱隱約約的想望，讓那個辭職去寫長篇小說的願望真的成形。

如果沒有醫師的經歷，我不可能寫出《白色巨塔》的長篇小說。長篇小說的書寫，又帶動了我跟影視、戲劇的緣分，以及後續更多的事情。

我不厭其煩地一再堆疊、重複「如果不是……不可能……」句型，主要是想讓大家看到，這些結果都是在一開始無法預期的，也不可能計畫的。

幾十年下來，我的工作生涯，與其要說是刻意規劃目標，想得很長遠，還不如說只是為了保有原來的熱情與初衷，接受了各種迎面而來的挑戰。

在這個過程中，我自己也難免經歷障礙、低潮。但之所以會有這麼多機緣與結果，實在是因為事情都是我自己喜歡的。因為喜歡，所以不想放棄。因為不想放棄，所以只好想辦法克服困難，為了克服困難，就得學習新本事好適應眼前的局面。這些過程，讓我學會了一些新的技能，站上了新的支撐點（或踏腳石）。

因為那個新的支撐點，我才有了更多新的視野與可能的選擇。

也因為這樣，我有機會走上過去從沒想過的路、遇見更多有趣的人和工作，學會更多其他的本事，一步接著一步……

下一步能去哪，取決於這一步踩在哪

套個簡單的模式作比喻的話，這個過程，更接近攀岩。

玩過攀岩的人都知道，你下一步能有什麼選擇，還在於這一步你站在什麼踏腳石（岩點）上。沒有努力爬上某個支撐點，更高的岩點或者選擇，對你來說根本可望不可即。所以，到最後，往往不是你的志向或目標，而是你眼前擁有的支撐點與位置，決定了你的選擇。

過去的主流思維把人生當成射箭般的過程：先設定好箭靶的方向，或者說立定志願，然後朝著靶心射過去，靠著「努力」，實現這個過程。將來是成功或失敗，全在於能不能夠按照計畫，命中紅心。

這個思維，放到當代社會，其實是有問題的。

首先，在前工業的時代，社會的變化不大。木匠的孩子還是木匠，鐵匠的孩子還是鐵匠，醫師的孩子仍然還是醫師……「畫靶射紅心」的人生模式或許多少說得通。但畢竟眼前是人類歷史上、變遷最激烈的時代之一。就以當前最受矚目的新科技或新事業為例，假如這些目標在被創造出來以前，根本在歷史上沒出現過，就算箭射得又準又遠，但如果連靶心都不知道在哪裡，成功之路到底在哪裡呢？

具體的說，即使是Google創辦人謝爾蓋・布林小時候，也沒想過世界將來會出現像Google這樣的公司吧？更何況Google從搜索引擎發跡，一路不斷推出Gmail、Google Drive和Google Maps、各式各樣的人工智能……各式各樣的新產品，主要的產品不斷在演變。真的去問布林先生，十多年之後，你們公司會變成怎麼樣，我相信連他自己也說不出來。

如果連身在其中的人都無法預測自己的將來，誰知道現在我們給小孩所畫的靶心，將來是不是還是最好的呢？萬一投入一切資源，將來卻風向轉變，成功的方向已經跟現在設定的不同，力氣不全部白費了嗎？

畫靶射紅心的模式之所以有盲點，第二個理由還在於：就算你真的射中靶心，如果那個目標不是自己有熱情、渴望的事，這個成功給你的回報，也只會是一個無趣的人生。

當初，我之所以會用喜劇風格寫下那些故事，並不是因為設定了「暢銷」的目標，然後用喜劇當手段，朝著「暢銷」的目標飛奔過去。我之所以會變成那樣，實在是因為，想創造、想表達——對我來說是好玩的。因為需要那個出口，所以我想寫作，因為寫作，所以有了演講以及之後一系列的事情發生。

在這些互動中，我因為對自己做的事情有熱情，所以帶著「好玩」的心情接受了挑戰，然後隨著環境的改變，為了過關，不斷地修正、改進。隨著每一個選擇，又有不同的因緣際會。一切的一切都是我自己主動想要投入、參與，所造成的結果。

擁有「喜歡」與「熱情」，雖然過程一樣要很多的心血與付出，但因為「好玩」，即便辛苦也甘之如飴。

到最後，事情的回報——不管是收入或名氣，往往只是在這樣的過程中，解決了問題之後得到的副產品。

有足夠的好奇，一無所獲根本是不可能的事

在《為什麼偉大不能被計劃》這本書中，任職GPT的兩位工程師教授，肯尼斯·斯坦利（Kenneth Stanley），喬爾·雷曼（Joel Lehman）[4]，提到了他們用創新性的探索對雙足機器人做的一系列實驗。很值得我們思考。

所謂的「創新性（好奇）探索」，指的是，當人工智能做出一個新穎的動作時，雖然沒有什麼回報，但是因為它很創新，讓你探索了未知

4 J.Lehman and K.O. Stanley ,"Abandoning Objectives: Evolution through the Search for Novelty Alone" Evolutionary Computation, vol.19, no.2, pp.189-223, 2011.

區域，滿足了好奇心，因此給予鼓勵，強化學習。

肯尼斯．斯坦利，喬爾．雷曼把創新探索模式加入在雙足機器人（biped robot）的強化學習模式中。創新探索並不給機器人設計任何特殊的目標，只是在設定中鼓勵了好奇性的探索。在這樣的情況下，即使雙足機器人失去平衡摔倒了，只要它過去不曾用同樣的方式摔倒過，也會被認定是一個好的行為，得到激勵。

實驗結果顯示——出乎意料地，跟過去「以行走為目標」設定的機器人比較，「創新（好奇）性探索」設定的機器人不但更早學會了行走，而且比設定「以行走為目標」的機器人，能行走的距離更遠。

為什麼會這樣呢？

理由是：「以行走為目標」的機器人，很容易就被設定的目標欺騙了。因為，一旦「行走」被設定為機器人的目標，摔倒就會被認定為是糟糕的一件事情，根據機器人自己「強化學習」的規則，它會想辦法避免摔倒。

事後我們發現，機器人要學會走路，可能必須學會跳躍、抬腿之類的其他技術，透過這些技術，來克服種種平衡上的問題。但如果根據「以行走為目標」設定，跳躍、抬腿這些動作，很容易就導致摔跤。根據強化學習的設定，這些動作很容易就被機器人排除了。但「創新性探索」設定的機器人並沒有這個包袱。摔倒或者是踢腿，也是它新的嘗試之一，一樣受到鼓勵。透過這些嘗試，雖然不以行走為目標，但是創新性探索模式的機器人，在走路的表現，很快贏過了以行走為目標的機器人。

不獨雙足機器人，在一些特別複雜的迷宮遊戲中，用「創新性探索」的強化學習設定，也比「目標式」的設定，有更優異的表現。

有人也許會問：設定了目標努力，至少有個座標可以對照，知道自己到底距離目標還有多遠、還需要多少努力。但所謂的「好奇」、「創意」，沒有任何固定的目標，也沒有任何參考的座標，這樣渺渺茫茫，萬一一事無成，不是很可怕嗎？……

這的確是一個值得思索的問題。但事實上，用「創新性」、「好奇性探索」作為更高層次的目標，發現、創造新的局面，並沒有原來想像中那麼困難。

舉例來說，微波技術最初是在第二次世界大戰期間，為了驅動雷達磁控管產生無線電信號所用的技術。一九四六年，珀西．史賓塞（Percy Spencer）意外地注意到磁控管融化了他口袋裡的一塊巧克力。在他靈機一動之下，才有了微波爐的誕生。

同樣一件事，用「好奇性探索」跟「目標式導向」的觀點去看，結果完全不同。差別就在好奇性探索是開放性，目標導向卻是封閉性的。從無線電訊號的封閉角度來看，巧克力融化是個失敗的意外。但從開放性的角度來看，我們卻看到了一個新的機會，或者是新的可能性。

沒有微波的技術，從零開始發明微波爐，是不可能的事情。但是反過來，當科技演化到微波的階段，這個技術跟微波爐，其實只差一步之遙。史賓塞正好就在那個一步之遙的踏腳石上，因為巧克力融化了，因此，他只需要轉個念頭，輕輕一跳，就成就了微波爐的發明。

再舉一個例子。

發明飛機的萊特兄弟，原本是自行車製造商。當時他們最主要的競爭對手，山姆·皮爾龐特·蘭利（Samuel Pierpont Langley），還一度獲得了政府大量的資助，在推動飛行夢想上更有資源，占據了比他們更有利的位置。

蘭利的思維是做出更大的引擎，但萊特兄弟的思維不同。因為有過自行車的經驗，因此他們利用腳踏車轉彎傾斜的邏輯，想像了飛行操控模式，率先發展出了更靈活的3D（上下、左右、前後）飛行控制模式。這減少了實際實驗的傷亡與損失，使得他們提早取得優勢，讓飛機在空中飛行更長的時間，拔得了頭籌。

萊特兄弟並沒有從零開始發明飛機。當時引擎早已出現，飛行的夢想在那時的人類社會早已蓄勢待發，他們只是把腳踏車靠著傾斜平衡的思維，放到飛機的操控上，並且一路堅持下去，最早實現了那個夢想的人。

從某個角度，萊特兄弟的腳踏車知識、以及引擎的技術，正好就是他們踩上的踏腳石，他們也是輕輕一跳，搶先創造出了領先別人一步之遙的飛機。

厲害的創新，其實並不遙遠。站在既有的專業、工作上，他們跟你的距離，往往只有一步之遙。從某個角度，它不是從零開始，而是站在巨人的肩膀上，一步之遙的探索。

我曾聽過一個野生動物追蹤（Tracking）專家的訪談。他們會根據動物留下來的蹤跡，追蹤動物。這個過程中，失去目標是家常便飯。一般人面對失去目標時，常會感到茫然，挫折，甚至完全失去動力。但是這個專家從事這個行業的心得是：

什麼都沒發現，正是發現必要的過程。

這也正是我這麼多年寫作下來，面對腸枯思竭時，支持我走過來最有用的心法。因為現實就是這樣，因此這個想法從來沒有讓我失望過。只要繼續努力，有足夠的好奇，不斷探索、學習，一無所獲根本是不可能的事情。

用你此時此刻愛他的心情，好好地愛他

調整自己對事情的認知框架，是全世界最簡單，卻也是最困難的一件事。

為什麼說困難，大家應該都心裡有數。但從簡單的角度來說，認知轉變不需要經費、也不用開會，更不需要什麼組織改造、甚至是革命起

義，只要轉個念頭就可以。

史考特・亞當（Scott Adams）在二〇二三年出版的《重構你的大腦》[5]這本書中，提到一個有趣的例子。

「你帶著你家小狗出去散步，你想的是一方面把狗遛一遛，另一方面自己也是個鍛鍊。但是小狗不跟你好好走，總喜歡這兒聞一聞，那兒聞一聞，到處亂轉，讓你越散步越火大。」

面對這樣的麻煩，他的方法是這樣的，他說：

「你可以給這個尋常的框架，重構一個新的框架。原來的框架是：帶狗出去散步失敗了。新的框架是：帶狗出去聞一聞，成功了。所以，與其說這是帶狗出去散步，不如說就是帶狗出去聞一聞。這就是認知的重新建構。」

把人生當成畫靶射紅心，或攀岩找支撐，也一樣是認知框架的重建。最難的不是努力，而是想法的改變。

我年輕的時候，跟聖嚴法師有一段因緣，讓我常有機會跟他請益。

有一次，我家小朋友來了，我讓小朋友給聖嚴法師問好，等他們離開之後，我隨口跟法師說：

「我對他們沒有什麼期望，只希望將來跟他們變朋友。」

沒想到法師那次竟然對我說：「侯居士，這樣不對噢。」

法師是個非常慈悲和藹的人，聽他這麼一說，我有點嚇了一跳，心想，這麼卑微的願望，怎麼不對呢？我當下直接請教法師，為什麼不對？

法師說：「父母期待孩子孝順，期待孩子成大功立大業，跟期待小孩跟自己當朋友，都一樣是期待。而這些，對小孩是沒有幫助的。」

「那該怎麼樣才好呢？」

法師溫和地跟我說：「用你此時此刻愛他的心情，好好地愛他。」

5 *Reframe Your Brain: The User Interface for Happiness and Success*. Scott Adams, Inc. 2023.

法師的禪意深遠，我當時沒完全聽懂。

隨著自己年紀漸漸長大，父母親變老，小孩長大，我才漸漸有了一些新的體悟。

作為父母親，我跟我的上一代一樣，都曾想像出一個不真實的目標，並且為了讓孩子達成那個目標，不斷地在犧牲此時此刻與孩子的相處。

我媽期待我變成一個大醫師，但我終究還是變成了一個作家。我媽說早知道，當初會好好培養我作為一個作家，但如果真是這樣，我應該也不會變成作家……就像我也曾經對孩子有過不少期待，但終究，孩子並沒有變成我曾想像過的任何一個角色。

從「目標式導向」的角度來看，我跟我的父母可能都失敗了。但這並不妨礙小孩找到自己的出路。畢竟為人父母親的我們所一心一意認定的人生模式，只是一種虛幻的想像。

到最後，重點不是誰成就了誰，或者誰回報了誰。而是，透過相互的支持與理解，我們得以擺脫那個用「愛」捆綁彼此的死結，發現世界比我們原來的目光中看到的還要寬廣。

這才是親子之間，真正的功課。

用你此時此刻愛他的心情，好好地愛他。

親子之間是這樣，跟自己的人生相處，道理也一樣，重點都在把握當下。

聽起來不難懂的話，卻花了我幾十年的時間，才慢慢體會到其中真正的滋味。

很鄭重地送給大家。

照這麼說，是否意味著我們應該放棄那些以目標為導向的努力，把心力全放在那些「好奇性探索」呢？我們下一章接著討論。

Chapter 4

更高、更遠的地方——道

為什麼我來這個世界一趟呢？
是什麼吸引著我，
讓我願意不斷地努力、奮鬥，樂此不疲？

照前面章節的說法，我們是否應該放棄那些以目標為導向的努力，把心力全放在那些「好奇性探索」呢？

這是一個很有趣的問題。

在傳統思想中，有一套接近西方軍事概念的觀念，叫做「道」「術」哲學。從概念的角度來看，「道」的意涵接近高層次、長期的戰略目標，「術」的意涵接近技術層面、短期的戰術目標。接下來的兩個篇章，我會從這個角度來探討。

我先說結論。在我看來：

牽涉到長期戰略（道）層次的問題，要以「好奇性」的探索為主。

牽涉到短期戰略（術）的層次的問題，要以「目標性」的努力為主。

我們先從「道」的角度談起。

不要被眼前的目標牽著鼻子走

我有一台使用超過二十年的自動咖啡機。寫稿前，只要按下按鈕，就可以得到一杯熱騰騰的美式咖啡。這已經快要變成我每天開始工作前的一個儀式了。

不知道從什麼時候起，我的咖啡變得不夠熱了。我一心掛念工作，隨手把咖啡丟進微波爐，直接加熱三十秒鐘解決問題。就這樣，我喝了將近一年左右的微波加熱咖啡，直到有一天，有個朋友送了我一包不錯的咖啡豆，他喝到我的咖啡機煮出來的咖啡之後，跟我皺著眉頭說咖啡的味道完全不對，我才意識過來這件事，撥電話找人來修理。

咖啡機師傅表示，機型老舊，整個萃取系統出了問題，已經找不到合適的零件了。在他的建議下，我換了一台新的咖啡機。同樣的咖啡豆，用新的咖啡機煮出來的咖啡香醇又濃厚，我才意識到原來我已經不知不覺喝了將近一年走味的咖啡。

這件事被雅麗嘲笑了好久，說我是生活白癡。

我認真想了想，覺得自己好像真的有那麼一點白癡。解決問題的方法，其實不難——而且還是只用郵購就可以解決。但為什麼我還喝了一年的走味咖啡呢？道理很簡單，因為用微波爐加熱只要花三十秒——答案太現成也太方便了，以至於我直接掉進標準答案的陷阱裡，根本沒意識到可以從更高的層次解決問題。

後來我注意到，不是只有我這樣，原來很多人都會這樣：低著頭，死命地往短期目標衝。

我曾寫過的一篇叫做〈漸漸〉的文章[6]。在這篇文章裡的故事是一個經營色情酒店老闆告訴我的。他怎麼把來應徵的大專畢業生，從櫃檯小姐一步一步變成坐檯小姐的過程。

他先用較高的薪水徵求大專程度以上的女性會計。因為薪水較高，所以應徵者眾，他就從中挑選顏值較高，更在乎錢的人來擔任會計。

「你騙她們？」我好奇地問他。

他神秘地笑了笑，說：「我們的會計薪水是比別人高沒錯，但每個小姐一來我都說得很清楚，我們這裡有色情陪酒。但她們只做會計的工作，絕不強迫。」

應徵來的會計坐在外面櫃檯，日子久了，和裡面端盤子的小姐漸漸熟了，一樣是大專畢業的，忙不過來的時候幫忙端個盤子，送送酒，也是常有的事。這時候就有人勸會計小姐：

「端盤子送酒又不陪客人，反正妳都常常端盤子，為什麼不乾脆端盤子送酒多領一倍的薪水呢？」

6 《點滴城市》，侯文詠著，二〇一八年，皇冠文化出版。

多說幾次會計小姐就開始動搖了。同樣都是來這裡上班工作，多領一倍薪水何樂而不為呢？

酒店的規定很清楚：端盤子的小姐是不准坐下來陪客人喝酒的，日子久了，客人熟了，也會意思意思要求喝杯酒。端盤子的小姐開頭總是不願意，後來熬不過也應酬地喝一杯。同樣都是喝酒，站著喝酒跟坐著喝酒，薪水又相差一倍，這還不包括客人給的小費。

在這種情況下，就會有人勸她了，人都在裡面了，外面的人誰知道妳是端盤子，還是坐檯呢？真想要清白，別跟客人出場就好了……一步一步，這個小姐不但陪酒，而且還跟客人出場，到最後什麼事都肯做。

你說酒店小姐不努力嗎？事實上，她不但努力，從賺錢的角度來看，她所作的每個選擇也都合情合理。

但是她為什麼會不知不覺，一步一步地走向完全違背初衷的未來呢？理由跟我用微波爐加熱咖啡一樣。只看到眼前的目標，但沒有看到更遠的目標。

人是這樣，組織也一樣。

以提出「破壞式創新」（Disruptive innovation）理論聞名的哈佛商學院教授克雷頓．克里斯汀生（Clayton Christensen）曾經舉過一個精采的例子。他說：

過去，Lucent和Nortel曾經是電信行業的巨頭，他們生產的電路交換技術在當時是語音通信的核心。Cisco當時是一家不起眼的小公司，他們最初的路由器技術不足以用於語音通信。Cisco先在數據通信領域部署這項技術，然後從市場底層開始競爭。最終，Cisco技術逐漸改進，終於被市場接受，得以進入語音通信市場，取代了Lucent和Nortel的市場地位。

克里斯汀生教授指出，Lucent和Nortel的失敗並不是因為個別決策者的錯誤。他們的經營者與執行者在各自的位置上，幾乎作了合乎公司短期利益的正確決策。但這些獨立決策累積起來卻導致了公司的整體失敗。

為什麼會這樣呢？

因為執行者被短期追求最大獲利的目標引導，但長期下來，這個方向未必就是未來發展最有利的方向。被短期目標（術）牽著鼻子走，缺乏長期發展的觀點，很容易就得到這樣的下場。

短期戰術 vs. 長期戰略

喝了一年用微波爐加熱的咖啡、從會計變成陪酒小姐、被Cisco淘汰……這些都有一個共同的特色，那就是，太習慣眼前方便的答案了，因此，看不見更高層次解決問題的「遠方」當然也就缺乏探索的動機。

但話又說回來，更高層次的思維，到底是怎麼出現的？

就以SpaceX公司的火箭當例子好了。

過去，太空船被送進外太空之後，推進火箭落地時，因為地心引力所產生的重力加速度的緣故，通過地球大氣層時，會經歷摩擦、過熱，造成損壞。由於推動火箭的成本很高，工程師必須想盡辦法在材料上費心，建造更耐熱的火箭外殼，才能回收、重複使用。

一直以來，火箭都是這樣的思維下製造的。

但答案就是這樣了嗎？

不盡然吧。

過去我在開刀房工作時愛開玩笑說：沒有盲腸，就沒有盲腸炎。同樣的思維，往更高的層次想也是一樣的：沒有速度，就沒有摩擦，也就沒有傷害。

但既然重力加速度不可能避免，如何才能夠讓火箭減速呢？

伊隆．馬斯克的想法是：設計一套反向推進系統，在火箭返回地球經過大氣層時點火發動，這樣就能減緩下降速度。

這樣的思維最關鍵的現實問題在於：到底製作更耐熱的火箭外殼便宜，還是反向系統需要的燃料便宜。

這當然不難評估。計算的結果是：火箭燃料成本更低。

這個想法造就了SpaceX的商機，開啟了太空旅行商業化的可能性。我們看到了，所謂的更高層次，關鍵前提在於——懷疑現有的答案，並且試圖探索更高層次，那些過去沒想過的辦法。

物理學大師費因曼在談到科學時的觀點，很值得參考。他說：

「科學家常有無知，懷疑很不確定的時候，我認為這樣的經驗是非常重要的。當科學家不知道問題的答案時，他感到自己無知。當他對研究結果不太篤定時，他滿心狐疑。即使他對結果很確定，他依然保留懷疑的餘地。自認無知，保持懷疑是進步最重要的基礎。」

不只科技有更高層次的思維，戰爭也有。再舉個例子。

二次世界大戰時，中日實力懸殊。當時，日軍不管在裝備、訓練，各方面都優於中國。從短期戰術的角度，中方根本沒有任何勝算。但如果找不到贏的策略，這場戰爭打下去根本沒有任何意義。

日本的人口、資源相對有限，用有限的軍隊、人力、物力放進這麼大的戰場，時間拉長了，他們未必能夠穩操勝算。因此才有了以「空間換取時間」以及把抗戰抵抗日軍的軸線，從北向南，改成東向西的戰略思維[7]，透過地理上的困難，讓國民政府能夠以四川為中心，延長戰爭的時間，苦撐待變。

這個的戰爭策略，讓日軍「速戰速決」、「三月亡華」的戰略遭遇了前所未有的挫折。也把日軍牽制在廣大的領土上，透過經年累月消耗，加上美國的參戰，終於拖垮了日軍，贏得了戰爭最後的勝利。

7〈中國長期抗戰勝利的基礎是在戰爭軸線的正確選擇——兼懷民族英雄蔣百里〉，《蔣中正日記中的抗戰初始》，阮大仁著，二〇一五年，學生書局出版。

相對於短期、局部、具體可執行的目標（戰術Tactics），這種針對成敗，訂定長期、整體、宏觀的目標，西方軍事學稱之為戰略Strategy。所謂的兵法，就在於找出整套相應的「戰略」與「戰術」。讓戰略成為戰爭的中心思想指導底下的各種戰術。靠著短期戰術目標的累積，創造最終長期目標。

生活也需要戰略

我剛結婚的時候，年輕氣盛。二個來自不同的原生家庭的人湊在一起，常常有許多不同的想法，從家事、生活習慣、財務投資到小孩教育……幾乎各式各樣的事情都得協調。那時候，彼此對自己相信的真理非常堅持。為了要吵贏，想出各種邏輯，費盡口舌，其實只是為了說服對方。

這樣的輸贏應該只是「戰術」的層次。

麻煩的是，只要一開始吵架，沒完沒了是常有的事。你有你的真理，我也有我的真理，誰都想吵贏對方。這樣的事情如果大家都很懶惰也就算了，偏偏我們兩個人都是習慣非常努力的人。不停地努力下去的結果，問題越來越嚴重。不但問題無法改善，不愉快的氛圍還會自我放大，像癌症細胞一樣，轉移到別的議題上，引發更多的吵架。

「道」「術」哲學的思考，提供了我重新去審視這件事的新觀點。怎麼樣才能找出一個「道」「術」相應的思維架構，讓彼此能夠相輔相成？

回到當初結婚的初衷，「道」的層次，其實一點都不難。

兩個人之所以在一起，當然是因為相愛，而不是為了追求真理。

（如果有人覺得現在彼此已經不相愛，那又是另外一回事了，先不納入這段討論）

有了這個戰略目標（道）——「回到相愛的初衷」的認知之後，再來思考怎麼樣能調整短期的目標與手段（術）。

如果非吵不可的話，折衷的辦法也不是不存在——至少試著把短期目標改成「了解彼此的觀念差距」，而不是誰贏誰輸。有了這樣的架構，以及新的戰術目標之後，我們之間的「吵架」發生了一些改變。

首先，不管自己的道理多麼正當，至少先不否認對方、也不急著批判（先避免踩雷）。再來，多花一點耐性聆聽、並理解對方的道理。最後，問題不一定非在今天解決不可。情緒緩和之後，少一點批判，多一點聆聽，漸漸就會發現，原來每個人認知的所謂真理是完全不一樣的。

用這樣的戰術目標多吵幾次之後，有些事，因為了解彼此的底限、雷區，因此有了折衷的方式。也有些事情，雖然沒有解法，但是因為情感的緣故，容忍了對方不同的做法。還有一些事情，隨著時間過往，漸漸也變得不太重要了。

總之，隨著「了解彼此的觀念差距」這個短期目標的成功經驗，看似無解的困難，隨著時間累積，往往會有新的平衡點出現。

公主跟王子雖然並沒有從此過著無憂無慮、幸福快樂的生活，但站住眼前的踏腳石，一步一步繼續努力靠近終極的戰略目標，多少還是甘之如飴的。

這是跟我結婚之前的想像，完全不一樣的過程。

再舉一個例子。

我的母親晚年罹患了失智症，長達十年之久。

生病之前，母親是一個聰敏、又自我要求很高的人。但生病之後，她的情況慢慢退化。同樣的話一說再說，同樣的事情也常常反覆重複。隨著病情惡化，還會忘記關水龍頭，甚至是瓦斯爐。

面對母親的失智，一剛開始我們非常不適應，一再糾正她。母親的自尊心很高，常常就為了這些事情抵賴，甚至跟我們發脾氣。大家也常常為了這些事情發生言語上的衝突，甚至弄得心情不愉快。

有一次，看到這樣的情況又發生了，爸爸語重心長地說：

「你媽媽年紀大，學不來了，以後你們不要教她了。」

爸爸這句話讓我有種醍醐灌頂的感覺。我們糾正媽媽，無非希望媽媽恢復沒生病前的模樣，但爸爸所說的「不要教她了」，想得深刻一點，其實就是要我們接受媽媽已經失智，當前的醫療技術無法挽回的事實。

我召集弟弟妹妹開了一次家庭會議。

大家重新思考，陪伴媽媽這件事的「本質」或「價值」是什麼？是搞清楚事情是非真假？還是和她開心地度過每一天，讓她感受到我們的關心？本質上，當然是後者。因應這個更重要的本質，我們作了一個決定：不管同樣的事情媽媽重複說了幾次，我們也就跟著她的認知，當成是第一次聽到、第一次感受到，第一次作出回應。媽媽常會在客廳看見自己已經過世的爸爸媽媽，還會跟他們說話，看起來就像是一個人在自言自語。但我們知道她在跟已經過世的外公、外婆說話，因此也會配合她，甚至跟外公外婆問好。

從媽媽的角度，這些都是真的。既然她主觀是真的，我們也就配合她的主觀，把那個世界裡面的一切都當成真的。畢竟在這樣的病情下，那是我們能夠跟她內心深處的情感，好好相處的唯一管道。漸漸習慣之後，我們也能在那樣看似「戲劇」的日常裡，感受到一種再真實不過的媽媽。

隨著時間過往，媽媽的狀況每況愈下。

農曆新年的時候，子孫三代都從各地趕回老家，準備一起去預訂好的餐廳吃團圓飯。正要出門，媽媽忽然不想出去了。她覺得大家在勉強她，心裡不高興，拒絕出門。

我們勸說不但沒用，越說反而越惹她生氣。

我連忙安撫大家說：「大家都先坐下來吧，暫時不吃飯了。」

接下來的時間，大家各自坐的坐、看電視的看電視、吃點心的吃點心、聊天的聊天。十五分鐘之後，媽媽忘記了剛剛的情緒，於是我又重新發動攻勢：「咦？不是要出去吃飯了嘛？」

大家若無其事地配合著起身。媽媽忘了之前的情緒，也跟著起身，開開心心地跟著大家一起出門吃團圓飯了。

就以媽媽的病情來說，現有的醫療，要治好媽媽的病是行不通的。在眼前醫療條件就是如此的前提下，把這個行不通的答案當成唯一的辦法，我們只能在沮喪與挫折中過日子。但如果回到生命終極價值（道）的角度思考：

在有限的生命中，人與人相處，最重要的是什麼呢？

當然是一起歡笑、感受到彼此的愛與情感。

這樣想，真的假的、邏輯不邏輯的層次，就變成比較本質外的問題，不再是那麼重要，非得堅持不可的事情了。

《道德經》上說：

人法地，地法天，天法道，道法自然。

相對於戰略/戰術、長期/短期或高/低層次的角度，「道」其實更接近這樣的本質與終極價值。

十年陪著媽媽失去智能的過程，其實很沉重。但這一路演戲的過程，讓我們把握住了更多更重要的終極價值（「道」），意外地，也給我們帶來許多歡笑與撫慰。

很多年之後再看，那或許正是我們唯一能不留下太多遺憾的方式。

你要對生命經驗賦予什麼樣的意義？

有首歌的歌詞是這樣寫的：

「生活不止眼前的苟且，還有詩和遠方的田野。」[8]

有人覺得思考所謂的「人生意義」這些遙不可及的事，太過文青、太過虛幻。在我看來，不思考這些大議題，只著眼在眼前的利益、好處的人，才是真正的虛無縹緲。

精神學者阿德勒曾經說過：一個人成功或失敗，並不決定於經驗本身。而在於那個人賦予那些經驗的詮釋和意義。[9]

他觀察了許多有生理障礙的小孩，發現：

童年有不愉快經驗的小孩，對於那些經驗可能有完全不同的詮釋。

有些小孩長大了會認為：「我們必須努力去排除這些不幸狀況，確保我們的小孩在更好的狀況下成長。」有些小孩認為：「如果這個世界如此對待我，我為什麼還要善待這個世界。」也有些小孩會認為：「就因為我的童年不快樂，所以我做什麼事情都應該被原諒。」

這些對生命意義的詮釋都顯示在行為上。而且除非他們改變詮釋，不然他們的行為永遠也不會改變。

他還發現，在許多有生理障礙的孩子中，那些希望為全體貢獻，不以自我為中心的小孩，反而能夠教導自己，為自己的缺陷尋求補救。相較之下，一心只希望擺脫自身障礙的小孩，反而繼續落後於人，無法取得任何真正的進展。

我們對經驗賦予的意義，決定了人的成功或失敗。這是年輕的時候，探索「道」最真實而實際的價值。

為什麼要來這個世界一趟呢？

我年輕時同時斜槓寫作和醫學兩個領域。有七、八年的時間，我這

8 〈生活不止眼前的苟且〉，許巍演唱，高曉松作詞。
9 《你的生命意義由你決定》，阿德勒著，盧娜譯，二〇一四年，人本自然文化出版。

兩件事情同時都做得還不錯。但也因為這樣，在我身上，兩者之間的衝突越來越大。時間不但沒有給我預期的答案，反而只是讓我變得矛盾。

那時候只要一有休假我就去旅行，至於為什麼要去旅行，為什麼是那些天涯海角，我自己也說不上來。

有一次我去了西藏。那次經過雅魯藏布江畔時，一種很奇妙的感覺吸引了我。我好奇地過去在江畔坐了下來。

靜靜地坐著，感覺江水似乎是靜定的。但如果仔細觀察，就會發現，它一直流動著。這讓我想起了孔子曾在《論語》裡的感嘆：

「子在川上曰：逝者如斯夫，不舍晝夜。」

想起這句話時，忽然覺得第一次跟孔老夫子那麼接近。兩千多年前，他那種喟歎以及驚心動魄的感覺，完全可以感同身受。

我彷彿看到遠方另一個自己，每天汲汲營營地忙著累積財富、名氣、權勢，把這些不停地往人生這座所謂的「倉庫」裡搬。我以為那個倉庫等於我，而隨著時間，我所擁有的一切是不斷在增加的。但那並不真實。雅魯藏布江讓我看到的真相是，我的人生所能擁有的其實只是時間。就像江水不停地流動一樣，我所擁有的，是隨著時間，一分一秒不斷地在減少的。

這給了我一個更深刻的思維。如果人生只是一段時間——一段越來越少的時間，我會怎麼看待我的人生到底好不好？精采不精采，值不值得呢？

這是遠方送給我最珍貴的禮物。它讓我得以從更高、更遠的視角看到了自己。這給了我很大的啟發，幫助我後來作了很多決定。

我小時候，中國電視公司剛剛開播。當時播出的第一部連續劇就叫《晶晶》，至今印象深刻。

晶晶是國共內戰之後逃到台灣的女孩，尋找跟自己失散的母親的故事。當時沒網路、也沒手機，要找到一個失散的人並不是很容易的事情。

印象中，每一集電視劇的情節都是晶晶和媽媽在尋找彼此。有時候明明問到地方了，人卻不在了。有時眼看彼此就快見面了，卻發生了意外，陰錯陽差。更扼腕的時刻，明明母女就站在對面，擦身而過，彼此卻不相識。

這樣的故事，週間每天一集，竟然莫名其妙地吸引我們看了一百多集，直到最後一集，晶晶終於找到了媽媽，相擁而泣。

那是我的人生第一部從頭到尾看完的電視劇，至今印象深刻。

很久以後我在想，少了找媽媽這個主題，如果其他情節還是一樣，晶晶找工作、晶晶交了朋友、晶晶成家立業……雖然每天都有情節，但這些破破碎碎的情節，還有吸引我們看一百多集的魅力嗎？

應該是沒有的。

戲只有一百多集。但如果換成是我們自己的人生呢？

為什麼我來這個世界一趟呢？是什麼吸引著我，讓我願意不斷地努力、奮鬥，樂此不疲？什麼才是這趟旅程，最真實、珍貴的事情？怎樣活，才最有價值呢？這些事情，別人說了不算，要自己去探索、感受才行。

說它是主題、長期戰略也好、說是道或本質、價值、意義都好。只有擁有這個自己認同的核心價值，我們才擁有努力的方向，以及衡量自己生命得失的尺度。

在我看來，年輕的階段，在生存問題之外，再沒有比這個更重要的事情了。

Chapter 5

眼前這一步
術

一個人如果能擺脫對結果的期待，
學會專注在成就那個結果的原因，
就會能夠超越自己，變得無比強大。

花了這麼多力氣強調「道」的重要性，是不是意味著，「道」比「術」重要呢？

我先說結論。不是，並不是這樣。「術」的重要性，一點也不下於「道」。

一說到術，聯想到的事情多半都有點負面，諸如什麼心「術」不正，不學無「術」之類的。但所謂的術，其實指的是為了實現某種短期目標具體的手段和方法。諸如：美術、馬術、馭夫術之類的。我們大多數人經歷過的，考試熬夜K書，追求女友送花、請吃飯，都可以歸入「術」的範圍。

大部分人——就像我年輕的時候一樣，把大部分的力氣都花在「術」的努力上，很少從「道」的角度思考事情，所以上一章我才用了很多篇幅強調「道」的重要性。但回過頭來看，「道」的層次不管多麼高遠，如果沒有眼前這一步（術）的努力，其實永遠都到不了。

人生玩的是接力賽，不是個人賽

我小時候曾經在一本搞笑的漫畫裡面看過一則諧仿魯賓遜漂流記的短篇漫畫，印象深刻。故事裡，主角魯賓遜因為船難漂流到荒島，他發揮自力救濟的精神，從現有的材料以及鑽木取火開始，一步一步努力求生存。那是一篇六頁左右的漫畫。作者花了四頁的篇幅，描述魯賓遜如何逐漸克服困難、適應環境。這部分內容大家應該都很熟悉了。等到生活安頓之後，魯賓遜決定到島的另一頭去看一看。第五、六頁是一張雙頁的全版漫畫。魯賓遜爬過了那個山丘，終於看到了荒島另一端，畫面中，魯賓遜的臉上充滿愕然的表情。

就他視野所及，是一個美麗的沙灘，沙灘上陽傘林立，傘下躺著壯碩的俊男、裸露的比基尼美女，走來走去的都是嬉鬧戲水的觀光客與孩童。

看到這裡，我不可自抑地捧腹笑了個老半天，對魯賓遜一點同情心也沒有。可憐的傢伙，白白浪費了那麼多時間，在自己的世界裡胡搞瞎搞。

正版小說中的魯賓遜所完成的事當然很了不起。但人類之所以存在高度文明，就在於它是無數世代站在前人基礎上不斷累積的成功。因此，作為人類的一分子，一定要認知，並且念茲在茲地提醒自己——我們玩的是接力賽，不是個人賽。如果不是不得已，不管做任何事情，都應該想盡辦法運用人類文明的槓桿。除非完全沒有辦法，否則千萬不要讓自己從零開始。

這是非得努力追求「術」的第一個最重要的理由。

畢竟這是一個所有人都站在巨人的肩膀上的時代，如果我們自己不站上巨人的肩膀，我們只會在巨人的腳底下，什麼都看不到。

有人會問：你這樣強調努力，跟以前那些「一分耕耘一分收穫」之類的說法，不是一模一樣嗎？

「一分耕耘一分收穫」、「二分耕耘二分收穫」……這比較像是等加級數的增長。但事實上，我在意的所謂不同種類的術所累積的好處，其實更接近等比級數增長。

莊子曾講過一個關於凍瘡藥膏的故事。染布的家族冬天染布的時候用這個秘方來預防凍瘡，繼續染布賺錢。商人買了這個秘方獻給吳王，讓吳王的水師在寒冷的冬天打敗了越國，商人因而得到了吳王分封的土地與爵位。

這整個故事中，賣的是雖然製造凍瘡藥的技術。但我們別忘了，「銷售」本身也是一種技術。假設染布家族其中一個孩子，從小跟著生意人學了「銷售」的技術，找到賣給吳王的通路，一加一的好處，當然不只是二。

假設這個被吳王封侯賜爵的諸侯後代，又學會了「政治」這個技術，繼續再加一下去，他的命運從小諸侯變成吳王，搞不好都有可能。

所以上一章開章明義我才會說：

牽涉到短期戰略（術）的層次的問題，要以「目標性」的努力為主。

這些別人累積下來的現有技術，只要花時間，用對方法努力，就必定能夠得到。不但得到，隨著學會越多，效益還能成等比級數增加。

這是我覺得要努力追求「術」的第二個重要的理由。

好牌能拿多少，就盡量拿

我這樣說，問題來了。

如果沒有搞清楚最終的長期目標（道）是什麼，學那麼多「術」有什麼用？會不會搞到最後全都白費力氣？

我們在第三章說過，人的命運的模型，不是畫靶心射箭，而是攀岩。你下一步能有什麼選擇，還在於這一步你站在什麼踏腳石（岩點）上。沒有努力爬上某個支撐點，更高的岩點或者選擇，對你來說根本可望不可即。

萊特兄弟從事自行車行業時，並不知道這些經驗對將來發明飛機非常關鍵。如果萊特兄弟因為看不到這個更高層次的目標（道），就放棄腳踏車行的工作（術）的話，他們就沒有機會變成歷史上飛機的發明者。

史賓塞從事雷達發射微波無線電的工作，也一樣並不是為了發明微波爐。但少了這個雷達發射微波的經驗，就沒有微波爐出現。

我們看到了，在真實的人生中，往往先有「術」之後才出現「道」。也就是說，「術」之所以重要，還在於它是探索「道」的踏腳石。這意味著，大部分的時候，在追求「術」的過程時，「道」暫時是看不見的。

作個更具體的比喻，有點像是哥倫布的航海冒險。一開始，雖然有個往西航行抵達印度的概念。但往西要走多久、經過什麼途徑，碰到誰才能抵達印度，這件事在事前沒有人知道。哥倫布只能靠著探索，一步一步前進。在這個過程中，每一個不同的決定都會帶他抵達不同的短期目標，每個不同的短期目標，也都會影響他最後抵達的目地。更有趣的是，抵達最終目地時才發現，他所抵達的地方根本不是原來預設的目地──印度，而是美洲新大陸。

我們看到了，哥倫布一開始的志向，並不是「發現新大陸」。他有的只是一個隱隱約約的假設與前提──往西航行、抵達印度。但就在這些一個一個不同的短期目標的完成過程中，一步一步帶領他走到了最後所謂的「發現新大陸」。

話又說回來，到底是抵達印度比較了不起呢？還是發現新大陸比較了不起？這實在是很難比較的事情。

大部分人的人生，往往也是這樣。這個過程，跟我們小時候作文簿寫的「我的志願」的思維完全不同。很少有人到最後真的實現了小時候的「志願」。從歷史的經驗來看，意外反而是現實的必然。更進一步說，人類大部分的重要成就，幾乎全是靠著這樣對未知的探索，一步一步意外走出來的康莊大道。

因此，「術」之所以重要，並不全然只是因為它滿足了眼前的需求。更關鍵的是，這些一步一步走出來的短期目標，其實也提供了未來可能發展出來的「道」，一個全新的基礎以及機會。因此，當我們說Stay Hungry, Stay Foolish時，指的不只是眼前所能得到的報酬，更多的是對完成這些短期目標所能創造的視野與機會的渴求。

更多的「技術」意味著手上擁有了更多的好牌。更多的好牌，又讓你擁有更多塑造未來的機會與主動權。因為這樣的理解，讓你從內心深處，發出一種接近本能的飢渴。

只要吃得下、撐得下，不管好不好吃，不管得到的過程辛不辛苦，我們都會想要貪婪地吞下去，吸收進去的那種飢渴。

不管前景如何，天賦就是天賦

但是，一個人的時間、資源是有限的呀，什麼都想爭取、什麼都想吸收，根本是不可能的事啊。

是啊，所以在這個前提下，我們必須把時間與資源投注在那些最有效益的選擇上。

但所謂「最有效益」的選擇，到底是什麼呢？

我先從天賦說起。

年輕時候的任何投資，都比不上投資自己。對自己任何技能的投資，又比不上投資在自己有天賦的事情上。在我看來，發掘的天賦，並且學習相應的技能，是最有效益的第一選擇。

有人會問：要是我什麼天賦都沒有呢？

一個人不可能什麼天賦都沒有的。真的相信自己很笨，什麼天賦都沒有的人，一定是沒有認真去發掘過。

我小時候跑步很糟糕。打躲避球、跳繩這種事完全不行，唱歌一塌糊塗，打架更是弱雞。我討厭勞作課。所有必須組合工藝品，到了我手中，一定是搞得搖搖欲墜，勉強交件。我長大以後這些技能完全沒有改善。做起細活來，總是落到被雅麗小姐嘲笑是白癡的地步。

總之，從那些我資質普通的才能來看，我看起來就是一個完全沒有什麼遠大前程的小孩。

我勉強能讓自己有點自信的是考試。但因為我媽是小學老師，那些考試的題目我早已在她的督導下把測驗卷都做過，所以也不覺得分數高跟天賦有太大關係。

小學三年級，我發現自己的第一個天賦是作文。雖然寫毛筆字很麻煩，不過，不管我寫什麼，老師都覺得內容很有趣，還把作文張貼出來。

我很小就知道投稿可以賺稿費。為了投稿賺稿費，我到處去融資買郵票。還自己用複寫紙，發行過每期二十本的《兒童天地》，一本一塊錢，刊載自己的作品。

我發現自己的第二個天賦是說話。我幼稚園小班的時候，就代表全校上台給畢業生致歡送辭。我每天蹲在老師辦公桌旁邊，一句一句地把老師教的句子背起來。那時候，家裡說的是台語，老師讓我背的是國語，我根本不明白自己演講的內容到底是什麼意思，全靠死記。我就這樣，有模有樣地在雲林虎尾鎮黃金戲院的舞台上，發表了人生的第一場正式演講。

到了小學三年級之後，說話課只要我上台，就可以博得滿堂彩。我的國語演講比賽雖然因為發音不夠字正腔圓，最厲害只得過第二名，但參加說故事比賽我總是得到冠軍。國中的時候，我靠著能言善道的本事，穿梭在學校混幫派的同學之間，協助調停紛爭。高中時代，我報名參加南一中的英文演講比賽，還僥倖得了冠軍。

我爸我媽覺得寫作文、說話只是才藝，算不上什麼有用的天賦。覺得我應該把時間盡量花在考試得高分上。但我覺得天賦就是天賦，根本不想棄之不顧。

果然我長大之後，賴以為生最大的收入就來自作文以及說話。因為有自知之明，我這一輩子從來沒有做過奧運國家代表、流行樂手、電玩選手、空軍飛行員或者病毒研究學者這類的偉大夢想。以我的條件，如果從小立志做這些事，很可能只是給別人跟自己帶來巨大災難……

有些人對自己的生涯選擇，全看未來收入、出路好不好。但我覺得更重要的是自己的天賦。我從前被灌輸，只有那些看得到前景的事，才叫天賦。

那時候，我以為只有考試才是天賦。寫作文、說話只是興趣。但事實上不然。那些自己做了開心、別人也喜歡，能用比別人輕鬆的力氣，就能越做越好的能力，就叫天賦。不管看得到前景或者看不到，天賦就是天賦。

我認識愛到處打聽的同學，變成了報社的記者。我認識很愛打賭的同學，變成了優秀的股票操盤手。我還認識愛打架的同學，後來變成了摔角的選手。我還認識沒事愛唱歌的同學，後來變成了著名的男高音……

這些都是天賦。

什麼事有天賦，什麼事沒有，其實自己最清楚。只有忽視、放棄自己天賦的人，沒有沒天賦的人。

我真是賺到了

第二個「最有效益」的選擇——在我看來，是現在被迫（不管是被家長、或者是學校、長官強迫）不得不學，將來一定經常用得上的技能。

我這樣主張的道理很簡單，既然不得不學，意味著學得好、學不好，需要時間成本是一樣的。

同樣的時間，別人拿去滑手機、打遊戲、或者無所事事，將來船過水無痕，什麼都沒留下。你學英文、寫作、學游泳、滑雪、彈鋼琴、彈吉他、學跳舞、騎腳踏車各式各樣的技能，變成近乎本能的一部分，一輩子都用得上。學與不學，相較之下，CP（cost performance）值何止百倍、千倍。

我的大兒子生活在風氣自由的家庭，認定不管做什麼，都應該經過他自己的同意。送他去學游泳，回家抱怨好累。送他去讀雙語幼稚園，又抱怨說：「為什麼我要去學這種鬼ABC，又沒有經過我同意。」游泳、學英文我們很堅持，好說歹說，使出各種利誘手段，好不容易才勉強他，別無選擇地繼續學習。

後來他長大了，出國讀書英文說得很流暢、出社會之後工作需要靠英文吃飯。心情煩悶需要運動的時候，他會找朋友去游泳。他自己跟我們說：

「還好你們小時候勉強我一直學游泳、學英文。」

我成長的年代比較封閉。那時候如果不想背書、不想穿制服、不想理平頭、不想去補習、不想學這個或那個，都需要很多理由，甚至得鼓起勇氣跟體制對抗。因為缺乏勇氣，只能心不甘情不願硬吞下來，結果學會了那些東西。

眼前的這個時代相對自由了許多，很多時候，不想做什麼只需要說「不喜歡」，別人也找不到理由勉強你。自由當然很好，但從另一個角度來說，因為，說「不喜歡」實在太容易了，但只要說「不喜歡」，本來有機會學會的技能，就錯過了。

我這樣說，一定有人無法接受，提問說：

「不是說人貴適志嗎？既然如此，為什麼還要勉強自己去做自己不喜歡的事呢？」

這個問題很有趣，需要進一步解釋一下。

首先，當我們說：人貴適志時，所謂的「志」，指的是「道」的層次。為了完成自己想望的「道」，所需要、或者開展出來各種「術」（或說，需要的技能），如果正好也很喜歡，那當然沒有什麼問題。但，萬一想得到這個自己想望的高層次目標（或者價值、意義），需要學許多相對有點無聊，艱難的技術的話，卻因為「不喜歡」，所以不學這個技術，因此導致了自己無法追求那個更高層次的想望，值不值得呢？

我看過一部電影，一個不喜歡讀書的運動型男孩，看上了一個學霸女孩。為了讓自己能跟她並駕齊驅，他開始主動念書。他發現學業成績跟運動一樣，竅門是紀律。漸漸他的成績變好了，也找到讓自己可以得到高分的方法。

我們看到了，無聊、艱難，並不等於「不喜歡」。只要找到那件「不喜歡」事背後更高層次的價值深信不疑，眼前無聊、艱難的事情，也一樣可以歡喜做，甘願受。

我年輕服役結束，一進醫院接受麻醉科住院醫師訓練時，我就打定主意，同時斜槓醫師與作家的工作。

麻醉醫師值大夜班結束會有一天的強迫休假。通常早上交班一回家倒頭就睡，直到下午二點鐘左右我就起床了。從下午到晚上晚餐前的時間，就是我的寫作時間。之後，就得準備隔天醫院的會議以及報告的資料了。

當時，我的同事如果臨時有事，需要有人代值夜班，我都非常樂意。值大夜班向來是大家比較不喜歡的時段，但我反向操作。

那時候我剛結婚，生下小孩，忙著進開刀房、值大夜班、睡覺、寫作，生活在瑣瑣碎碎的事情裡面團團轉。出版了《親愛的老婆》和《大醫院小醫師》之後，我有了小名氣，驀然發現，原來宣傳行銷活動也需要投入時間。

久而久之，看我蠟燭兩頭燒，開始有同事問我：

「你有沒有想過，萬一你將來沒當成作家，這麼累，會不會很吃虧？」

老實說，當時對於自己到底會不會真的變成專業作家，我是一點把握也沒有。但是會不會吃虧這種想法，對我想要斜槓的長遠目標，一點幫助也沒有。

我告訴自己說：睡得少一點、累一點又不會死人，如果只是這樣就能夠擁有比別人更多的選擇，我真是賺到了。

出書的期間，我的假日幾乎都在跑宣傳行程。當時高鐵還沒完工，只要台中以南，晚上的演講活動結束，搭夜車回台北差不多過半夜了。一到家，我還得準備隔天一早七點鐘醫院晨會的報告。

搭著巴士在返回台北的高速公路上搖啊搖地，滿車乘客呼呼大睡，陪伴我的往往只有天上一輪明月。看著那輪明月，李白的詩句裡面的那幾句話總是不由自主地浮現了上來。

今人不見古時月，今月曾經照古人。

古人今人若流水，共看明月皆如此……

曾經看過這個明月的人，有些人老了，有些人過去了。有些人成功、有些人失敗了。但是我好幸運，此時此刻正在看著這個明月，年輕著，也充滿希望地努力著。只要盡心盡力了，將來無論得到怎樣的結果，應該是不會後悔的吧。

這樣想，那個念頭就浮現了上來。

我真是賺到了。

回顧起來，我這一生克服艱辛困難時刻，最大的動力很少是來自以為在為什麼偉大的理想奉獻犧牲。多半的時候，都是因為我找到了某種情感的連結，麻醉了那個「不喜歡」的念頭，說服自己真的是賺到了。

考數學、減肥、約會、開刀，成功的道理都是一樣的

既然是能用已知的方法達成的短期目標，「術」說起來應該不難。就以考試成績來說，要得到好成績，需要的只是事前充分準備。有了充分準備，順理成章，臨場就會有好的表現。不是嗎？

但話又說回來，如果這麼簡單，為什麼大部分的人都拿不到好成績呢？

高中時我最害怕的科目是數學。當時不曉得為什麼，數學考卷的題目都出得非常難。

考試的時候，考卷一發下來，一看到這題不會做，扣掉十分，會做的剩下九十分了，我就開始有點擔心了。接著看下一題，又不會做，會做的只剩下八十分了……就這樣，眼看剩下的分數越來越少，心情越來

越焦慮，一緊張的結果，本來會做，也變不會做了。我就這樣，像隻找不到地方棲息的鳥，飛呀飛地，繞樹三匝，無枝可依。

有一次結束鈴聲響起，我前面有一個數學學霸愁眉苦臉地大叫：「完蛋，我會寫的只有七十幾分。」

我安慰他：「我才寫了四十幾分。」

這樣說我已經很自我委屈了，沒想到他竟然說：「你的程度，能寫四十幾分已經不錯了。」

就是這樣，每次考數學，我都不只受到傷害，而且還是二度傷害。

有一次，我在電視上聽見一個曾經出過數學考題的教授分析試題，他說：出題的時候，一定會考量題目的難度，分成基本題、標準題、以及鑑別題。光是基本題，至少就有三成。

聽教授這麼說，我心想，反正數學歷年的均分也只有三、四十分。只要把出現的基本題都做對、做好，我就功德圓滿了吧。

我換了一個心態，把數學考卷當成防守科目，歸零重來。為了辨識所謂簡單與基本題，我問了學長跟老師，找了一本整理基本題型的數學參考書。我作了計畫，排出時間，把一整本參考書裡面的題型，練得滾瓜爛熟。我告訴自己，反正我只是進場做基本題。只要是參考書裡面的基本、標準題型，我一定要認得出來，拿到分數。

這樣一個改變，考數學的心態就不一樣了。

考卷發下來，看到第一題題目不會，我心想，這很正常。再看到第二題不會，我告訴自己，沒關係，這也很正常。好不容易，終於看到一題會的，簡直像是寶物掉下來了。我心裡別的事情先都不管了，扎扎實實先把這一題寫完再說。

寫下答案之後心裡更踏實了，心想，這樣的題目只要給我撞到三、四題，至少有均標了。每寫完一題，我就更加信心滿滿，再找下一個寶物。有時候，碰到會做的題目提早做完了，我多了一些閒工夫，甚至還可以去挑戰那些看起來有點難的題目。

輪到我大考那一次，題目真的非常非常難。交卷的時候，我算了算，會寫的題目只有四十三分。我本來心想應該完蛋了，沒想到那年數學題目太難了，很多同學都失常。那年自然組的數學高標準（前標）是二十八分（均標更低）。我的成績是四十三分，雖然分數不高，但排名還不錯。我很幸運，終於如願考上了醫學系。

一樣是考數學，腦袋是同樣的腦袋，準備的力氣也差不多啊，為什麼做法不同，成績會有那麼大的差別呢？

我的分析是這樣的：

過去我的期待是一百分，但這個期待只會讓我壓力很大。因此數學考卷一發下來，碰到不會做的，我就開始自我責備了。你完蛋了……反過來，當我的心態轉變，從零分開始，根本沒有任何期望值。一旦做完了一題，我給自己的，都是鼓勵、喝采。

這讓我想通了一個道理。

對結果的期待，根本不會影響結果。

不但如此，期待結果，反而更容易讓我懷憂喪志、無心練習，甚至臨場表現失常，得到與預期完全相反的結果。

用軍事戰術的術語，這叫做：「戰術無我。」對應到考試，就是放棄自己對於無法掌控的結果的預期或擔心，切切實實地在那些掌控在手中，能影響結果的原因上努力，諸如：事前的練習，以及臨場的專注。這才是最高層次的成功辦法。

這個道理，又可以延伸到生活中的許多層面。一步通步步通。

舉例來說：

我有一個朋友一年減重了十公斤。我嚇了一跳，問她怎麼做到的，她說，她的方法是，晚飯後就不再吃任何食物了。每做一天就在日曆上打勾，就這樣成功地做滿了一年。

她說：「我的目標是把日曆上的日子全勾滿。減少了十公斤只是做完那件事的副作用。」

我一聽就覺得這個想法很高明，比每天上磅秤，埋怨體重為什麼總是減不下來（有時候，甚至還要偷吃，安撫自己受傷的心靈……）靠譜得多了。

再舉個例子。

我年輕的時候談戀愛約會，很期待有好的結果。不但事前會去勘察路線，臨場也總是擔心這個，擔心那個。這樣的心態反而越搞越糟。當時流行日本的偶像愛情劇，談話節目也很喜歡討論這個話題。看多聽多了，我總結出一個邏輯，原來約會也是同樣的道理。老是瞻前顧後，扭扭揑的人，反而給了約會的對象很大的壓力。

我年輕時跟雅麗小姐第一次正式約會時，計畫開車去宜蘭玩，沒想到才下國道沒多遠，汽車就撞到了下水溝突出的維修孔蓋拋錨了。幸好當時我多少已經搞懂了這個思維，不斷告訴自己：別急，別急。戰術無我。

我叫了拖車，把拋錨的汽車送去修理廠。儘管還是很擔心，但我故作瀟灑地跟雅麗小姐說：「沒有汽車，也有沒汽車的玩法。」

我心中其實一點B計畫也沒有。但是我心想，都走到這裡，也只能走一步算一步了。

結果那天我們打電話叫了計程車載我們去附近的車站。我們坐了火車，在不知名的車站下車，吃了沒吃過的小吃，還在河邊看了夕陽。一切都超乎我原來的計畫。

雅麗小姐對我的印象很好。她覺得我個性很好，很能隨遇而安。我還滿確定那是一個美麗的誤會。但，這樣的誤會，也直接改變了我之後的命運。

從考數學、減重、約會，甚至是開刀、演講……還有更多事情，成功的道理都是一樣的。

一個人如果能擺脫對結果的期待，學會專注在成就那個結果的原因，就會能夠超越自己，變得無比強大。

給生命旅程的三種車票

《中庸》上面有一段很精采的話說：

「或安而行之，或利而行之，或勉強而行之，及其成功一（相同）也。」

每個人天生資質、條件不同。那些將來對我們很重要的技能，有些人天生就會，做起來也很愉快——但這很少見。更多的時候，大部分的人都需要靠著利益，或者勉強自己才能完成。

之前說過，「術」是「道」的踏腳石。缺少了「術」的因緣，意味著，通往那個「道」的機會，也跟著消失了。但如果要問：缺乏因緣的事，是因為它很難嗎？其實不是。最大的阻力，還是來自我們自己的心態。

期待所有地方都存在著「安而行之」這種高速直達列車，並不切實際。如果生命是一場旅行，將來自己最想去的地方，除了「安而行之」列車外，必然需要透過「利而行之」，甚至是「勉而行之」的列車，才能抵達。

一趟美好的旅行，應該手握三種車票，想去哪裡就能抵達哪裡，這才算得上是真正的自由。

Chapter 6

關於命運這件事

為什麼一定要被那些讓我們感到痛苦的定義或認知綁架呢？
能不能主動換個念頭，改變我們的內心呢？

1

我曾經碰過一個被公認算命很準的人。

這個人算命的方式是從生辰八字以及過去的經驗慢慢聊起。隨著時間過去，越聊越多，他預測的精準度越來越高。我自己給他算過命，也旁觀熟人給他算命。他邊聊天邊預測，預測的事情有對的，也有錯的，乍看之下很普通，但隨著聊天的時間累積，他命中的程度越來越高，到最後，超現實的命中程度，簡直讓人嘆為觀止。

事後我問他為什麼這麼厲害？他跟我說，這個世界上，能夠感應未知事情的高人其實很多。他只是其中之一。

「真的假的？」我一臉懷疑的表情。

他又補充說：「人的命運，其實是有一定的邏輯的。」

「是嗎？」我好奇地問。

接下來，他講了一個雪球滾動的道理。他說：

「大部分人的命運，就像滾雪球一樣，有一定的軌跡，動能隨著時間越滾越大。我從聊天下手，一旦知道A點、B點，我就得到一個方向，繼續聊下去，從B點到C點，又會得到一個方向，隨著數據越來越多，你會得到一個趨勢，抓到這個命運滾動的軌跡，之後的事，相對就不難預測。」

「這樣的方法，會有算錯的時候嗎？」

「當然會有。但就算錯了，通常也會有合理的解釋。譬如說，這個人從A到B，B到C，走的都是同樣的軌跡，照這個趨勢，可以預期他必然走到D。但是，假如情況改變了，我們發現這個人竟然偏離了D，碰到了在一旁的E。這意味著，這個人的命運應該在C碰到了什麼重大的事件……」

「重大事件？」我問：「是指『消業障』這類的說法嗎？」

「倒也不是這個意思。我的意思是說，這個雪球一定跟什麼發生了碰撞，才使軌跡有所改變。因為軌跡的方向變了，將來會遇見的事情，也就不一樣了……」

2

這個聽起來很抽象的說法，倒是讓我想起了一樁往事。這個故事雖然之前在《我的天才夢》寫過了，但為了方便接下來的討論，我還是把發生的故事簡單地摘要一下。

那次我接受了廠商的邀約（用現在的說法應該叫業配），參加帛琉的自由行。業配的條件是回來後須發表兩篇類遊記短文，協助推廣帛琉旅行。

當時帛琉旅遊剛開始在台灣推展，聽過的人不多。帛琉到底在哪裡，怎麼玩，有什麼特色，老實說我一點概念也沒有。我還記得值完班隔天，我匆忙收拾了行李就出發了。行李箱裡清一色都是參加醫學會的襯衫、領帶之類的服裝。我本來以為帛琉是個都會城市，即將展開的是個可以逛逛百貨公司、看看藝文表演之類的行程，要等到飛機降落之後，我才理解到帛琉是一個海島國家。所有的景點都跟海有關。所有好玩的去處，除了海以外還是海。

這個意外，在服務人員把行李推進旅館房間之後，讓我一個人獨自坐在房間裡發了好一會兒呆。

望著窗外的港灣，我開始有點後悔自己這趟旅行答應得太魯莽了。當時，我的游泳能力趨近於零。看著港灣裡面到處是玩著快艇、水上摩托車、衝浪的人，接下來的幾天該怎麼辦一點思緒也沒有，更別說之後不得不交稿的兩篇遊記了。

我就是在那樣的情況之下看到了停在港口的香蕉船。

顧名思義，香蕉船是貌似香蕉，由前方的快艇拖行，左右各搭乘五個人的橡皮艇。我原來的想像是輕鬆地坐著香蕉船，徜徉在宛如電影《碧海藍天》（*The Big Blue*）中的地中海間。盛夏的豔陽，粼粼的波光，動人的友情、愛情以及可愛海豚……我心想，這樣的氣氛，加上與香蕉船合照的照片，交出一篇像樣的遊記應該不難才對。

坐上香蕉船之後，我開始發現現實跟想像的落差很大。乘客與其說是坐船，還不如說是用雙腿夾在船上，此外，固定在前方類似鞍馬運動用的把手也有點簡陋。

船隻開動之後，我就開始後悔了。香蕉船並沒有我想像的平穩，隨著海浪的波動，船身隨時可能跳動，也可能傾斜或晃動。

香蕉船在港口內繞行一圈，勉強還算可以忍受。就在我以為到此圓滿結束時，意外地，香蕉船竟然駛出了港灣。一出港灣，我立刻感受到海面起伏更大，搖擺更劇烈了。不時還有水上摩托車、快艇、滑水的人，從你身旁的海面劃過，掀起陣陣波濤。我神經緊繃，雙手緊抓把手，戰戰兢兢地宛如做著高難度的鞍馬運動，面對著時而上下，時而左右的情勢，我所有愉悅的想像完全幻滅了。

「Slow down（慢一點）——」我對快艇上的人大喊。

前方的人似乎會錯意了。船速不但沒放慢，反而還加快了速度。我繼續大叫，坐在我左後方的一個捲髮男，卻興奮地大叫著：

「Hurry up, hurry up（快點，快點）——」

我提高聲量，要求前方快艇放慢。駕駛回頭跟我比了一個讚的手勢，接下來速度更快了。

他做了一個接近一百八十度的急轉彎，香蕉船也跟著急轉彎。

我壓低重心，使盡全力拉住把手，好不容易，總算沒被離心力甩出去。看我驚慌失措的模樣，捲髮男更興奮了。他用著更大的聲音，瘋狂地叫著前方的遊艇加速。我回頭瞪了他一眼。被我這樣一瞪，他興致更高了，整個人站了起來，激動地左右用力搖晃。

完蛋了，我心想。才正想著，快艇猛然又往相反的方向，又做了一個激烈的大轉彎。重心轉移來得太快也太意外了，香蕉船開始傾斜──還來不及等我反應過來，整條香蕉船已經翻飛起來，一股巨大的力量把我從船身甩開，然後，我發現自己──飛了出去！

天啊，終點就是這裡了嗎？

一時之間，給加護病房肺水腫病人抽痰時，吸管中全是粉紅色血水泡沫的模樣浮現我的腦海。

落海之後，我愍了一會兒氣，絕望地心想，我一定不要變成加護病房的病人，還給別的醫護人員添麻煩。我撐了一會兒，再看了這個世界最後一眼之後，我決絕地深吸了一大口氣──我本以為我會吸滿水，沒想到我竟然吸到了空氣。

我掙扎了半天，又吸了一口氣，意外地，我吸到的還是空氣。我猛然回神，終於才搞清楚，自己原來穿著救生衣，在海面上漂浮著。

趕來營救的快艇把我撈上船，載回碼頭。登上岸時，我發現那個捲髮男已經坐在岸邊的繫纜樁上，雙腿交疊，一臉得意的表情。

我當下一股衝動就是想要給他一拳。等他站起來，一臉有恃無恐的表情，嬉皮笑臉地看著我時，我才發現他整整高出我一個頭，不但全身肌肉，皮膚上還刺著刺青。

「What's up?」他問我。

我內心交戰了一會兒，最後終於還是裝出什麼事都沒發生的樣子，怯懦地離開了。

晚上吃自助餐的時候，我又在飯店碰到了那個捲髮男，看他譏諷地對我笑著的眼神實在教人血脈賁張。但我什麼都不敢做。

一整個晚上我憤憤不平，躺在床上輾轉反側，根本無法入睡。真的要去揍他，沒有那個勇氣。不去揍他，又吞不下這口氣。

天快亮時，我開始自問自答：

「你到底在氣什麼？」

我說：「因為有人害我落水了，我又不太會游泳，搞得我驚慌失措。」

「你明明身上穿著救生衣，不會游泳有什麼關係？」

我說：「可是我又不想落水。」

……

這樣一問一答的過程，我忽然想通了一件事——我之所以那麼生氣，是因為害怕落水之後，發生無法挽救的意外。但其實我身上穿著救生衣啊——所以，事實是——就算落水其實也不會怎麼樣。

我靈機一動，開始想：

如果我一開始就想好落水，打定主意不害怕，那個捲髮肌肉男，能拿我怎麼樣？

一個念頭浮現的我腦海，告訴我自己：哪裡跌倒就從哪裡爬起來吧。

隔天一大早，我去買了一件游泳褲，並且穿著那條游泳褲，又去玩了一次香蕉船。

兩天的香蕉船，劇情都差不多，同樣加快速度、同樣一百八十度大轉彎，同樣的翻船、落水，但這次心情截然不同。當我被拋甩在天空的那一刻，竟然有種「好爽」的暢快淋漓。

二次落海之後，心境截然不同了。我心想，既然人來了、游泳褲也買了，不如就繼續參加後續的浮潛行程吧。浮潛課程不貴，更棒的是，浮潛比我想像的容易多了。穿上救生衣、戴上浮潛蛙鏡、呼吸氣管，只花沒多久時間，我就學會了這個本事。

之後的幾天，我參加了各式各樣的浮潛行程。我看到了各式各樣的魚、海葵、海綿，還有珊瑚礁組成五顏六色的海底花園。還看見了成千上萬的水母，緩緩從水底漂浮上升的景觀。嘆為觀止……

直到回台北，這些景觀一直在我腦海不停浮現，一波接著一波激動的情緒，不停地在我內心蕩漾著。

這個故事還沒完。

帛琉旅行結束回到台北之後，我碰到老朋友王偉忠，聽我吹噓這件事情。他一臉不屑的表情說：「唉，什麼浮潛，那只是小兒科。」

「是嗎？」我不服氣地看著他。

就這樣，在他的介紹之下，我開始學習潛水，也通過考試，拿到了PADI的進階級潛水執照。

往後的幾年我迷上了潛水。我拿到了國際的潛水執照，還變成了進階的潛水員。我跟著潛水團體潛遍了基隆東北角、龍洞、綠島、蘭嶼，馬來西亞西巴丹等許多著名的潛點。

我曾碰過成群的隆頭鸚哥魚，沉默艦隊似的，井然有序地在你面前成群羅列。也曾碰過成千上萬的銀白色傑克魚群，在頭頂上形成龍捲風似的覓食陣形。海流對的時候，我們沿著海底峭壁順流而下。峭壁上的倒吊珊瑚，宛如繽紛的花朵迎風綻放，峭壁變成了大自然最美的橫幅捲軸，連綿不斷。

美麗的海洋讓人流連忘返。每次潛水完回到住處，看著五樓住處的窗戶，都有種想踢兩下蛙鞋漂浮上去，直接打開窗戶，進到屋子裡面的衝動。

潛水的故事講完了。接下來，我們進一步來討論這整件事。

3

首先，第一個問題：落海一定得是痛苦的嗎？

有人說：被迫落海，想報復還孬種，當然痛苦啊。真的要吐槽的話，如果落海等於痛苦的話，第二次同樣是翻船，為什麼又覺得愉快舒暢了呢？

答案不難。差別在於定義不同。第一次對快樂的定義是「衣冠整齊地坐在香蕉船上看海吹風」，卻意外落海了，因此不快樂。但隔天搞清楚自己有救生衣，認知變成了落海也不會怎樣，因此第二次對快樂的新定義是：「哪裡跌倒就哪裡爬起來」。這一次，因為實現了所謂的快樂定義，所以有了「好爽」的感覺。

這麼說，快樂與否，不一定等同於事情的結果。更多還在於我們對快樂的定義與期待。就像落水這件事——同樣是落水，認知與期待不一樣，快樂與痛苦的感覺也截然不同。

這麼一來，下一個更重要的問題來了。對於快樂的定義，到底是我們自己能掌握的，還是不能掌握的？

我常舉一個我過去在電視看過的日本節目《噁心總冠軍》當作例子。其中一集的冠軍，就是收集現場所有觀眾的口水並且當場喝了下去。我正看得興高采烈的時候，雅麗走過來，皺了皺眉頭說：「幹嘛看這個無聊的節目？」

她坐下來，拿起遙控器轉到隔壁台，正播映著愛情偶像劇的結尾。在浪漫激昂的背景音樂裡，初夏的河邊，一堆帥氣美麗的男女主角忘情地擁吻著。

雅麗讚歎說：「好浪漫噢……」

我愣了一下，我心裡還想著剛剛的噁心總冠軍。「口水……」我喃喃自語。

果然才說完，就被雅麗瞪了一眼。她說：「你怎麼這麼噁心？」

我陷入了不可自拔的深思中。請問：口水到底是浪漫，還是噁心？吃到口水，應該是快樂的，還是痛苦的？

有人說，看人。對方如果是愛人，就是浪漫的、快樂的。如果是陌生、或討厭的人，就是噁心的、痛苦的。

那請問，如果是愛人，這一刻發現他背叛了自己呢？這樣的口水算是是噁心、還是浪漫呢？

反過來，如果是陌生人，這一刻卻發現自己喜歡上他了呢？口水是浪漫，還是噁心呢？

說到底，口水既可以定義成浪漫，也可以定義成噁心。全在於我們內心執著於哪個定義。

更進一步說，世界上所有的事情，從口水、落海，到失戀、落榜、生病、跌倒……所有的事，都有同樣的現象。那就是，從不同的觀點來看，它們都可以有不同的定義。可以是快樂、也可以是痛苦、可以是浪漫、也可以噁心，可以是興奮、也可以是沮喪。重點全在於，我們怎麼選擇這件事的定義。

換句話說，我們之所以感受到痛苦、憤怒，或者是那些我們不喜歡卻又無法逃避的情緒，都存在著一個很重要的前提——那就是，我們內心接受了那個定義，容許了它。

既然如此，為什麼一定要被那些讓我們感到痛苦的定義或認知綁架呢？能不能主動換個念頭，改變我們的內心呢？

我這樣說，一定會有人反問：「不去改變結果，只找理由自我安慰，這根本是自我欺騙的鴕鳥心態。」

差別就在是否已經盡心盡力。在很多努力不足的事情，當然應該更加努力，這毫無疑問。但一件事情的成敗，很多時候，還需要許多其他的條件，諸如時運、貴人等等的條件。缺少了這些必要的條件，光是靠自己一個人，無論如何努力也是沒有用的。所以才會說：「人生不如意十之八九。」

碰到這樣的情況，如果不去向內心尋求改變，非得改變外在結果，才能變得快樂，這是否也意味著：十之八九的時間，我們都是不快樂的嗎？

這樣想，不也等於放棄了我們內心對快樂或痛苦的主導權，把一切都交給別人了嗎？

4

我這樣說，問題又來了。缺乏時運、貴人的時候，我能有主導權嗎？

當然有。

這樣說好了，回到第一次香蕉船落海那天。如果我不假思索，生氣地出手揍了那個人。接下來呢？可能我被報復了、甚至受傷送到醫院、被送到警察局，再接下來，我的醜態可能鬧上國際新聞，將來只要

Google我的名字，那條新聞就會撲面而來……

這些下場當然很困窘，但即使這樣，都還不算是我最慘的損失。我最大的損失應該會是：我將錯失遇見整個美麗的海洋世界的機會。更糟的是，一旦變成了那樣的我，恐怕連自己到底錯過了什麼，也不可能知道了。

至於是出手打那個人，或者是忍下怒氣去買條游泳褲，當然是眼前這一刻我可以主導的。

一邊是劣跡醜態長存，另一邊是與整個美麗的海洋世界邂逅。從未來的角度回頭看，那個「落海」的當下，其實正是不同的「多重平行宇宙」的十字路口。這個選擇，帶我到這個平行宇宙。那個選擇，引導我到「那個」宇宙。彼此之間，是完全不同的命運。

這意味著，在「落水」的當下，未來的主導權，就在我當下的選擇裡。投資過股票的老手都知道，股票的價值在於它的未來性。

過去虧損的公司，如果開始轉虧為盈，股價一定會大漲。反之，無論過去賺再多的錢，如果未來看不到前景，股票也會跟著跌跌不休。擁抱過去讓自己感到「痛苦」的認知，緊緊不放，抱怨、憤怒、甚至尋求報復，試圖改變那些眼前已經無法改變的現實，像是抱著一家一直虧損的公司股票。而朝向「快樂」轉念，改善、正面、積極，所重新創造的，卻是一家未來能盈利的公司。

人生也是一樣的道理。

如果此時此刻的反應，正是主導未來命運最關鍵的時刻，為什麼不換個念頭，選擇那個更有吸引力的平行宇宙呢？

俗話說：「上帝關了一扇門，就會為你打開另一扇窗。」

這話聽起來既勵志又鼓舞，美好得有點不太真實。但認真想想，其實並不離譜。說得更精確一點，另一扇窗——或者，成千上萬道的窗以及窗後的世界本來就在那裡。我們之所以感覺不到，實在是因為，在我們的認知中，只有現在這扇門才是唯一的出路。

說到底，讓我們深陷痛苦無法自拔的，其實是我們自己，不是別人。我們往往用大部分的時間責怪命運、責怪別人，卻忘了，其實最應該負責的，就是我們自己那顆不肯轉變念頭，頑固的心。

5

算命大師跟我的談話最後一段是這樣的。

「所謂的撞到石頭，」我問：「指的是人生的困境？」

「嗯，」他說：「因為雪球的軌跡，基本上，就是思維的慣性。對大部分的人來說，慣性的思維是很難改變的。這也正是說，老是用同樣的方法處理事情，卻期待有不同的下場，是不切實際的。」

「所以，一直學不會的功課就像永遠打不過的關，會一直重複再來。」

「嗯，」算命大師說：「除非那個人因為某些事件刺激，改變了思維，跳脫了慣性。這樣雪球才能有不同的軌跡……」

「所以，雪球的軌跡，其實就是思維的慣性。」我恍然大悟：「這個慣性所驅使的，就是命運的方向……」

「嗯。所謂的命是性格。運，就是選擇。」

這番談話，雖然幾近乎玄學，但整個關於命運的思維，印證「落海」的體會，倒是讓我有種茅塞頓開的豁然開朗。

Chapter 7

那些讓我睡不著的事

當年雖然辛苦，但是因為心中帶著想望，
滋味還是甘美的。
但是現在面對這些看似絕望的困境，
我的想望是什麼呢？

通常我初稿的第一個讀者是雅麗。

前幾章初稿讀到這裡，她煞有介事地對我說：「你寫得好像碰到什麼事情，都能有解決的辦法似的？」

「哪有？」我連忙說：「我也有很多讓我睡不著的事啊。」

「那就寫一些睡不著的事啊，好像什麼事都只有成功，沒有失敗，勵志到有點煩欸。」

我愣了一下，大概明白了她的意思。

之前我曾經跟不少知名的精神科醫師朋友聊過。他們不約而同地都表示過，沮喪或者憂鬱的病人最不喜歡的，就是聽到朋友、家人總是要他們正向，或者問為什麼不開心一點之類的事。

「那該怎麼辦？」我好奇地問。

我得到的答案是：「先同理病人的感受，不用急著給病人解決的辦法。」

儘管服役退伍之後，我就沒再寫過所謂的「命題作文」。但「那些讓我睡不著的事」這個題目聽起來很有意思。這次，我就恭敬不如從命了。

1

我算是樂觀派的。小時候在家裡偷錢失手挨打。撕圖書館的印花想參加抽獎被抓。運動會跑步最後一名被嘲笑……這些都不至於讓我睡不著，甚至寫情書給小女生被原封奉還，我也一樣可以呼呼大睡，一覺到天亮沒什麼問題。

高中時，我曾幻想自己是早慧的文學巨星，投稿到《聯合副刊》——當時《聯合報》、《中國時報》兩大報的副刊是文壇最重要的舞台之一。以我當時能寫的內容與程度，當然是被退稿了。收到退稿信時，副刊主編瘂弦先生，竟然還附上了親筆信：

文詠先生：

來稿不適合，請繼續擲下。

瘂弦敬禮

瘂弦是我最心儀的詩人之一。儘管那封信箋是一封只有短短三行的退稿信，我還是如獲至寶地高興了好幾天。把信當新詩一樣地讀了又讀。被退稿還那麼開心的人，我應該算是少數中的少數了。

小學五年級升上六年級的暑假，我在電視看到李小龍過世的報導。看著他躺在棺木的樣子，我忽然感覺到一種說不上來的惶惶不安。晚上我躺在床上輾轉反側睡不著，跑去問爸媽：

「怎麼辦，有一天我們都會像李小龍那樣死掉。」

我媽媽說：「小孩子，不要想那麼多。」

「可是有一天，你們也會死掉……」

我媽大概沒興趣再聽我說下去了，提高了聲音說：「想那些沒用的幹什麼？早一點睡……」

顯然他們也沒有解決的辦法或者是答案。

那是記憶中，我第一次睡不著。

那之後，不管是考試、讀書、考證照……印象中，只有考試抱佛腳熬夜沒睡，睡不著的紀錄似乎沒有。

後來，我變成了一個麻醉科住院醫師。有一段時間，我輪值到小兒心臟外科的手術麻醉。複雜的先天性心臟疾病的小孩一出生就需要靠藥物維持，存活率很低。手術雖然風險很高。但父母親沒有太多選擇的餘地。

通常開刀日一大早，病房的護理人員就會把這些孩子送進開刀房的等候區。作為第一個迎接他們的醫師，我穿著手術衣，戴著口罩走出來。我的任務是注射麻醉劑，搶時間在小孩哭到臉色發黑前，讓他失去意識。

被媽媽抱在懷裡的小孩雖小，但都很警覺，一見到我這一身裝扮，大哭甚至尖叫幾乎是無法避免。

「不要，我不要——」

我只能爭取時間讓他們盡快昏迷癱軟，第一時間從媽媽手中接過小孩，抱進開刀房，放上手術台插管，並且進行後續的程序。

一個禮拜之後，我遭遇了手術失敗，跟著外科醫師在開刀房奮鬥了十幾個小時，就在手術台上失去了一個小病人的生命。

處理完了告知、安慰家長以及後續的手續時候，我還有點恍惚，不知如何面對這樣的情緒。晚上睡覺，半夢半醒之間，彷彿在夢中聽見了小孩哭喊的聲音：「不要，我不要——」就驚醒過來了。想起我是小朋友在這個世界上見到的最後一張臉，無論如何，我就再也睡不著了。

隔了幾天，又有第二個小孩在手術台上過世了。我又受到了一次衝擊。

那之後，每到開刀日，面對在我面前哭喊的小孩，注射麻醉劑對我而言，變成了一種嚴苛的挑戰。

接連又有第三個、第四個小孩在手術台上過世了。

隔天一大早，我記得很清楚，當我面對另外一個先天性心臟病患童，睜著清澄明亮大眼睛驚惶地看著我時，我發現自己根本無法下手注射。

那是我第一次為了自己也搞不清楚的理由請假。

我漫無目的地開著車，腦海都是開刀房裡面的影像。拉不上來的血壓、微弱且不規則的心跳，坐在開刀房牆角地面上嘆氣的外科教授，心外循環機團隊、護士臉上無奈的表情……

我不知不覺地把汽車開進了校園裡。我坐在椰林大道的路旁，看著學生，足足發呆了一個早上。或許是他們輕快的步伐、無憂無慮地打鬧著的模樣，又給了我一種青春的氣息……

那天之後，我又硬著頭皮乖乖去上班了。一樣還會遇見對我哭喊著「不要，我不要……」的小孩。一樣在我手裡癱軟過去。打點滴、插管、接上麻醉氣體……時間一天一天過去，儘管大部分病人都能順利地完成手術，並且被送進加護病房觀察，但死神無聲無息地埋伏在前方，我每天都可以感受到……

放假的時候，我試著專注地寫著《頑皮故事集》這一類的童年故事，不去想開刀房的事情。有時候，故事寫不下去了，就開車到處亂晃……

我在小兒心臟手術麻醉輪值了好幾個月。偶爾我必須靠著安眠藥換來一夜的睡眠。失去了幾個小孩，也完成更多手術之後，我的心裡漸漸長出了一些繭。

斷斷續續，我還會聽見小孩的哭聲。

直到過了很久以後，我換了不同的科別。小孩哭聲那種幻聽的感覺，才漸漸變少。即使如此，那樣的惡夢，偶爾還是會出現。

2

我辭去醫師的工作時，第一波網路的熱潮正在如火如荼地興起。各式各樣的入口網站、遊戲公司、購物網站因應而起。

我的好友蔡康永和我突發奇想，覺得將來有一天，文化、藝術也應該像自來水那麼方便，只要透過網路——就像打開水龍頭一樣，任何人都可以隨手觸及。

我們的點子是提供一個網站，把好書、厲害的演講、以及課程全都網羅在一起。

必須旁白說明的是，儘管這些應用現在已經算不上什麼稀奇的事情了。但當時年代是一九九九年。那時候還是實體經濟的時代，頻寬很有限、相關的線上付費、物流運送機制，都還沒有完備。手機在當時主要是用來通話。類似 iPhone 這樣的智慧手機以及行動上網的各種功能，還要再等七年才會開始問世。

總之，我們兩個人越說越興奮，到處找朋友去說這個點子。聽到我們想法的人幾乎都拍手叫好，還催促我們一定要讓這個有趣的想法實現。更誇張的是，還有一些朋友，當場立刻要求我們一定要保留一些投資額度給他們認購。我們被鼓吹得熱情洋溢，自認改變世界，捨我其誰。

資金很快就募集完畢。我們寫了公司章程、組織章程，以及營運計畫，登記註冊公司。股東大會推選我當董事長，推選蔡康永擔任總經理。我負責行政、營運團隊，他負責行銷、內容團隊。

康永把網站命名為OKE。之所以會這樣命名有兩個理由：一個因為OKE諧音「我可以」，這意味著每個人都可以在這個網站上，做到自己過去想做卻做不到的事。另一個理由是因為康永覺得字母越少，大家越容易記住。

我們開始委託資訊公司設計網站程式、找辦公室、裝潢布置，並且招兵買馬。憑著康永跟我過去在文化傳媒界的關係，當時不管是線上發表作品、演講、課程授權，文化界的名家幾乎都熱烈響應。

一切順風順水，幾個月之後，運營測試完畢、一切就緒。二〇〇〇年，我們浩浩蕩蕩召開記者會，宣布oke.com.tw正式上線。當時媒體非常捧場地給我們許多報導。

網頁一開始上線，註冊會員速度成長很快，前途看似一片光明，不過問題很快就漸漸浮現。

不像現在大家使用的WiFi、5G這些寬頻，當時最普遍的網路是56K的撥接數據機（modem）。所謂56K意味著56Kb/秒速度，這個跟當下5G動輒高達20Gb/秒以上的網速（Gb是Kb的10^9倍）截然不同。在頻寬不足，電腦聯網設備還未成熟的情況下，lag的情況十分嚴重，內容很容易斷斷續續。

第一波網路熱潮從入口網站開始。當時網站的主要收入模式來自廣告。大部分的入口網站為了吸引消費者，從email信箱等各種網路服務，都主打免費。這給了當時的消費者一種普遍的想法，覺得網路內容應該都是免費才對。或許因為這樣的因素，我們網站上的會員對於內容付費的意願──相對於購物，低了許多。

我跟康永只能想辦法突破。

我們兩個人根據自己過去在電視、廣播媒體的經驗，想到的辦法就是生產內容吸引點閱率，擴大社群。為了加快速度，我們決定自己下海創造線上內容，透過連載的方式，召喚更多會員。

我和康永的辦公室分據公司兩隅。開完公司的例行會議，接待完賓客之後，我們兩個人就窩在我的辦公室討論新上線的內容。

當時我們兩個人都在台北之音廣播電台主持節目，自然而然地，開始發想了一個類似廣播節目，可以每天上線連載一個段落的有聲書。

《歡樂三國志》的有聲書構想，就是這樣開始的。

我跟康永之前不管是廣播或演講都很受歡迎。這使得我們高估了消費者在網路上為內容付費的意願，以及內容所能帶來的收益。公司每個月營運費用二、三百萬起跳，網站淨收入卻只有區區幾十萬，燒錢的程度超乎我們原來的想像。扣除掉一開始的設備、裝潢費用，如果無法在短期內改善營業狀況，這家公司能存活的時間屈指可算。

除了自己的錢之外，公司資本還來自其他股東。這些人都是多年好友。一直燒錢，卻無法提高收益，讓我又開始了睡不好的夢魘。

市場顯然更能接受網購。

每個月結算下來，演講、文章、課程這些線上商品的銷售占總收入不到百分之十。營運部相關主管強烈建議，把主力放在實體的網購上。他們帶著團隊，到處開發各式各樣的實體銷售產品。隨著時間，從化妝水、保養品到圖書文具、手錶……都一一上架。

新的策略固然讓營業額稍有起色，但更多的問題一一浮現。

由於公司的營業額不大，經驗不足也讓我們對庫存的估計時常出錯。東西賣不好的時候，貨品堆滿倉庫。會計帳目上雖然看不出什麼異常，但那些買斷無法退貨的產品，基本上就是占空間的垃圾。

碰到暢銷商品，東西賣到缺貨時，只能從上游經銷商補貨。交貨時間一拖延，客服的負擔就來了。消費者罵人的才華超乎想像，儘管客服主管再三心理建設，但客服部門的妹妹，電話接到淚流滿面的情況是常有的事。

有一次網頁上主打的新書熱銷斷貨了，營運主管天天追著經銷商補貨。但書實在太暢銷了，經銷商明白地告訴我們的營運主管，趕印不及。催促的電話打多了，甚至還直接被告知了，就算印好也需優先供應別的長期合作，整體採購量更大的通路。

客服部門整天不斷地道歉、賠不是，電話接到手軟。我們召開緊急會議，連忙決定撤下商品網頁。我要求營運部門的員工分頭去市場的其他實體店面，一家一家搜刮現貨，快遞郵寄給讀者。

「可是這樣我們等於賠錢在賣啊。」營運主管跟我抱怨。

「不賠錢，就得賠信用啊……」我說。

全額的商店價格加上快遞郵費，我們就這樣每賣一本賠一本，賠售了好幾百本書。

當時我多少已經意識到，我們是一個專業、經驗不足，又極其脆弱的團隊。東西賣不好擔心，東西賣得好也擔心。我的失眠一天比一天嚴重，常常睡到半夜就莫名其妙醒來了。

醒來的時候，人會不由自主上網檢查網站後台。當時我們的程式系統還不穩定。有好幾次，我發現購物車的機制出現了問題，根本無法成交——只能等到隔天上班才能處理。想到一個月為數有限的三十個營運日裡，又有一天完全沒收入，我更是轉轉反側。

那時候，康永問我：「這樣奮鬥，就算真的成功了——我們兩個人被記住的身分會是線上百貨公司老闆，而不是線上文章、課程、演講的傳播者——可以接受嗎？」

我猜想康永當時沒說出口的話是：更何況眼前成功的機會看起來很

渺茫。

我已經忘記我當時回答的細節了。我之前的工作場域是醫院，我的訓練讓我覺得，只要還有機會，哪怕是再微小，一定要為病人努力到最後一刻。

我當時的回答應該不出這個邏輯。

有一天，運營部門主管開心地跑來告訴我，我們開發到高價商品了。

他所謂的高價商品是指筆記型電腦。一台售價好幾萬塊錢的筆電，成了我們轉虧為盈的希望。

商品上架沒幾天，看到幾十萬成交的營業額出現時，我們簡直比中了彩券還要開心。才沒幾天，請款時，銀行突然通知我們，這好幾十萬元全來自信用卡盜刷。盜刷的責任歸屬問題銀行跟我們推來推去。我們跟銀行開會又協商，幾十萬元的費用怎麼樣都申請不出來。

犯罪的人，當然是找不到了。

盜刷者食髓知味，又用不同的信用卡，繼續網購別的商品。營運部門主管義憤填膺地發現了同樣的郵箱地址，他決定親自帶人南下出差去送貨，就等在信箱旁等著抓人。等了半天，犯罪者終於出現，不過他一察覺事情不對勁，連忙轉身就跑。營運部主管試圖抓住他，雙方一陣扭打，最還是被對方帶著筆電脫逃了。

警方諄諄告誡，這是有組織的盜刷集團，針對網站高價商品下手，轉賣的慣用手法，要我們更加小心謹慎。他們詳細記下過程，也說會處理，但後續就不再有任何下文了。

我們學了乖，不敢再經營高價商品。

康永想過很多有趣的點子，包括了名家的最新文章零售、印著《小王子》作者的五十法郎現鈔以及護貝卡、康永舊住處所有的舊書 all you can take 的一次性二手書搶購……

儘管公司營業額微幅成長，但依照這個成長曲線──想支撐到轉虧為盈，我們勢必要再增資好幾輪。為了這個可能性，我們開始去見第二輪的潛在投資者──這次，我們決定在商言商，不再尋找熟悉的朋友。

結果我們的提案並沒有讓大部分的潛在投資者感到驚豔。有個經驗豐富的投資者，慷慨地承諾了增資的額度，但有個附帶條件──那就是，我和康永必須跟這個公司綁約十年。

事情變得有點荒謬。當初，為了創作辭去了醫師的工作。為了讓文章、演講更容易傳播給大家，創立了網路公司。結果網路公司最受歡迎的卻是線上百貨商品銷售。而想讓這個百貨商品網購公司存活下去的代價，卻是放棄創作，然後天天打卡上班，經營百貨網購。

偉大的創業者，不也都必須經歷過生死存亡的片刻嗎？沒全力以赴，怎麼知道不會成功呢？如果沒堅持到最後一步，怎麼對得起當初相信你的股東？

但話又說回來，為了這個公司，放棄寫作的初衷，值得嗎？

睡不著在床上翻來覆去時，來來回回想的都是這些。

有一天晚上，康永打了個電話給我。他說：「我去找韓良露算命了。」

韓良露是我們共同的好朋友，她是精通占星、塔羅牌以及各種算命，才華洋溢的作家。

「結果怎樣？」我問康永。

「良露說，我的命盤顯示，我這一生的事業不會來自做生意。」

「所以，意思是，」為了確認，我又問了一遍：「ＯＫＥ不會成功？」

「大概是這個意思。」他說：「我想，我們還是把公司收了吧。」

奇怪的是，雖然我不是那麼相信算命這件事，但聽康永這樣說，我竟然有種鬆了一口氣的感覺。

想了一晚，我接受了這個提議。我們決定趁著公司還有資金時，妥善地收拾善後。我們又花了一個多月，終於清算完畢，親自帶著剩餘的資金去退還股東，一個一個跟他們道歉。

可能因為都是好朋友的緣故，我們不但沒有得到任何責怪，反而得到了更多的安慰——這當然又加重了我的歉疚。

過了一、二十年之後，「文化產品像自來水一樣，把水龍頭打開，就會自動從家裡流出來。」的理想，已有不同網站，各自實踐了出來。

看著這些成功的公司，有時候，常常會有一種，噢，原來當時還缺乏這樣、那樣的技術條件的恍然大悟。或者，發現原來有人可以用這種更聰明的辦法克服了我們當初無法解決的困難時，我也會有一種豁然開朗的感覺。

我們兩個初生之犢所犯的錯誤，要當作失敗個案討論，算得上經典了。儘管當時損失慘重，但回想起年輕時的熱血，類似「如果當初不做就好了」的後悔，是一次都沒有的。

至於學到的教訓——如果有的話，那就是：光是夢想與熱情是不夠的。事情之所以能成功，還必須具足兩件事：技術條件與資源（資金與時間）。缺一不可。

就技術的角度來說，以我們兩個人當時在傳播、媒體的經驗，經營文化、或社群，或多或少算是具備一部分的技術條件。但還有更多的其他不足的技術條件（網路技術、管理技術、行銷、財務、物流技術……），是需要靠著足夠的資金與時間去獲取的。

一個新創公司，如果擁有很好的技術條件或者通路，一開始就賺錢，後續的資源或許就不是太大的問題。否則，從一開始的虧損到後來獲利的過程中，資金與時間的投入就是必然的考驗。這樣的考驗，即使是輝達（Nvidia）的黃仁勳，特斯拉（Tesla）的伊隆·馬斯克這些成功的事業家，在發展的過程中都曾好幾度因為產品成熟的速度追不上燒錢的速度，瀕臨破產。要不是他們無限拚鬥的創業性格，加上及時得到貴人的資金挹注，這兩家公司到現在很可能連名字都沒有人知道。

時過境遷回頭看，我們對於自身的技術評估過高，對發展需要的資源卻又評估過低。充斥在我們自己，以及周圍的夢想與熱血的氛圍，又讓我們缺乏自覺。這些都讓我們的夢想最後走向幻滅。

聽起來好像一點也不難懂的幾句話。但吃不好、睡不好，折磨了將近一年時間，我學到最珍貴的就是這麼簡單的道理。

隨著塵埃落定，OKE這件事很少有人記得，或是被提起了。反倒是當時和康永一起錄製的《歡樂三國志》，出版之後引起很大的迴響。

公司解散之後，我們投入各自的生涯，主持節目、創作、改編自己的小說、拍攝影集，忙得不亦樂乎。回想起來，如果不是OKE的因緣際會，我們兩個人再要花那麼多時間和力氣，做一個類似《歡樂三國志》這樣的作品，簡直是緣木求魚。

沒想到的是，二十多年來，一直有年輕人，興奮地跑到我們面前，告訴我們《歡樂三國志》如何陪伴他們成長，帶給他們的美好回憶，甚至在我們面前模仿起裡面的段子來。這樣的事不管發生了幾次，每次，我們都還是會因為驚喜，而露出目瞪口呆的表情。

這可能是當時唯一實實在在地留下來的東西了。

3

經歷了OKE之後，我以為，我漸漸懂得了一些事情。但人生永遠有更多你沒學會的事，等待著你。

我媽晚年生了很多病。

最早一次是她六十幾歲時罹患了子宮頸癌。

我在家裡孩子中排行老大，在媽媽認知中，我是她最信任的醫師。

聽到手術，她似乎有點擔心。但她相當克制，只問了我一句：「你覺得這樣最好？」

我點點頭。她沒再多問，安靜地想了一會兒，說：「那就這樣吧。」

到了手術前一天，爸爸把我找去病房，跟我說媽媽拒簽手術同意書。

我大吃一驚，連忙追問原因。媽媽說：「這上面說，麻醉的後遺症包括腦栓塞、心肌梗塞、還有肺水腫什麼的……我死了就算了，但如果變成那樣拖累你們，我不要。」

我說：「媽，醫生有對病人告知、同意的義務，這只是例行的標準程序，真正發生這些後遺症的機率很小。」

說好說歹，我媽就是不為所動。

說來諷刺，在我擔任麻醉醫師期間，碰到病人有同樣的反應時，只要稍加說明，問題通常不難解決。一點也沒想到，當事情發生在自己母親身上時，我的說明一點用處也沒有。

母親和我就這樣僵持了將近半個小時。眼看手術在即，我心生一念，問她：「媽，妳相不相信我們會用一切的力量保護妳？」

「什麼意思？」

「明天手術，」我說：「我會和我的老師在開刀房幫妳做麻醉、動手術。我會用最大的力量保護妳。萬一這樣，還是發生了意外，死在我手裡，妳能不能接受？」

媽媽聽了先是愣了一下，慢慢回過神來，露出了笑容。「媽媽從小培養你，讓你成為一個優秀的醫生，媽媽當然相信你的醫術。」

說完，她拿過手術同意書，二話不說簽了名字。簽完名字，還看了爸爸一眼，問他：「萬一真發生了什麼意外，你不會去告你兒子吧？」

爸爸表情顯然有點無辜，不過他還是搖了搖頭，鄭重其事地說：「當然不會。」

大家都笑了。

我知道媽媽其實很害怕。不過我說的話，顯然給了她很大幫忙。那天晚上，媽媽睡得很熟。隔天她告訴我：「一想到是把生命交給你們，就突然覺得很安心。不管發生了什麼，都沒有什麼好害怕的那種感覺。」

那算是一次成功的手術。母親恢復得很好。

後來，醫師診斷出她罹患了失智症。時光用一種殘酷又溫柔的方式，讓她那麼聰慧的人，在往後的十年，慢慢地失去了大腦的記憶與功能。

又過了幾年，媽媽被診斷出淋巴癌。得知病情的時候，她問我：「我是不是快要死了？」

「沒有，」我跟她說：「我會把妳治好。」

她點點頭說：「好。你怎麼說，我就怎麼做。」

當時我在台北籌拍我的小說改編的《人浮於愛》，自己兼任編劇與製作人，時間相當緊張。但我答應她，只要她做化療，我一定南下嘉義，全程陪在身邊。

我媽雖然表現得很鎮定，但是我知道她其實很害怕。進開刀房裝置人工血管（Port-A-Cath）並抽取骨髓檢查時，媽媽緊緊地握著我的手。我也握著她的手，重複地跟她說：「別怕，我就在妳身旁。我一直都會在妳身旁……」

檢查結束之後，媽媽在恢復室醒來，見到我就坐在她身旁，竟然開始大哭，哽咽地說：「你小時候很難帶，我不知道我生你這個孩子是來救我的，我太值得了……」

我抱著她，一直跟她說：「沒事了，沒事了……」

七、八年的失智症，讓媽媽從一個堅忍內斂的人，變成像小孩子似的易受驚嚇、情感外露。我們之間開始關係易位，我更像是照顧孩子的長輩。打針時她會像小孩子一樣驚慌大叫，遇到噁心嘔吐的副作用，也會毫不壓抑地呻吟個不停。我知道她在受苦，只能坐在病床旁，緊握著她的手。被我握著手的時候，媽媽會漸漸安靜下來。她的眼神望著我，雖然沒有說話，但我完全可以感受到，我是她恐懼中最大的希望與慰藉。

儘管這時候的我已經不是醫師了，但我一直知道那是她內心最深的期待。儘管心裡捨不得她受苦，但我盡量表現出「一切都會很好的」的樂觀模樣，在她最痛苦的時候，成為最值得她依靠的醫師。

七個多月的時間過去之後，我們終於做完了預定化學治療的療程。儘管化療副作用讓媽媽變得虛弱、智能也更嚴重退化。但核子醫學檢查顯示癌細胞全都消退了。我們讓所有的孩子、孫子都回家開開心心地慶祝了一番，還拍了一張大合照。

那時候，我心裡想著，儘管世事不盡人意，但老天這樣的安排，或許也不是完全不能接受吧。一點也沒想到，那其實只是更大的風暴來臨前，最後的寧靜。

在那之後，是腦血管梗塞。

4

媽媽住院之後情況一直不穩定，爸爸也整天悶悶不樂，三餐有一頓沒一頓的。

醫院、家裡兩頭著火，妹妹、妹婿兼顧不來。我和弟弟兩個人輪流南北奔波，想辦法應對各種緊急狀況。

妹婿在嘉義媽媽住院的醫院擔任外科醫師，一天到晚接到爸爸電話詢問病情。媽媽的病情改善很慢，但爸爸急著要接媽媽出院，表示要自己照顧。我跟妹婿每天開會討論最新病情，考慮到媽媽病情不穩定，加上家裡沒有人手，只能對爸爸委婉勸說。不過爸爸顯然完全聽不進去。

他向來性情溫和，但媽媽住院之後，為了媽媽出院的事，甚至還會對我們生氣。

按捺不住爸爸的不斷要求，我們在中秋節接媽媽出院回家過節。打算過完中秋之後再接續後續的復健計畫。

就在月滿人圓的氛圍中，新來的印傭推著坐在輪椅上的媽媽坐在一旁。她的狀況退化得很明顯。偶爾，她會抬起頭來，看看我們，或者很努力地冒出一些不連貫、也無法理解的句子，但大部分的時候，她只是沉默。感覺上，她似在遙遠的地方，有種說不出來的若即若離。看著她迷離的眼神，我有一種感覺，覺得我們正在失去她……

過沒幾天，媽媽一大早口吐白沫，整個人喘不過氣來，等救護車來時，她的心跳已經停止了。救護人員緊急電擊，還做心肺復甦，壓斷了幾根肋骨，才讓心臟恢復跳動。

媽媽住在加護病房的期間，我注意到爸爸原來吃的高血壓、糖尿病的藥，全都荒廢了。爸爸本來不但井然有序地整理媽媽的藥，連自己什麼時候該吃什麼藥也都安排得一絲不苟。我開始覺得事情不太對勁。進一步詢問爸爸的其他生活細節，這才注意到爸爸銀行帳戶的定存、水電費繳費單這些瑣碎的事情全都記不得細節、也無法處理了。

神經內科醫師推測，可能是承受了極大壓力導致急性失智。如果推測沒錯，恢復的機會是有的。我們抱著一線希望，直到電腦斷層顯示：他的腦溝變寬、腦部激烈萎縮——這意味著，腦部看來難以恢復。我帶他去銀行處理這些帳戶時，注意到才二、三個月前，他都還能親自處理定存或轉帳這些細瑣的事，現在竟然一問三不知。顯然，媽媽的病情，給了他的身心極度的壓力。

隨著媽媽的病情一直不見改善，爸爸的狀態從激動、失落，到茫然。他開始變得沉默寡言，只是不斷地問著：

「你媽媽今天怎麼了?」

有時雖然跟他說了,但沒多久又會重複再問。

我去買了一塊小白板,把最新的病情摘要以及處置寫在上面。

媽媽的病情時好時壞,一個禮拜接著一個禮拜過去了,爸爸變得更加失落、更魂不守舍。他的問題也開始變得跟現實脫節。

「你媽什麼時候可以出院?」

這樣的問題,一天會問個二、三次。就算我與妹婿輪流跟他說明,沒多久,他又會重複再問:

「為什麼不讓你媽媽回家?」

媽媽的肺部感染不同的病菌,才換了抗生素,病菌很快產生抗藥性,更強的抗生素,又讓媽媽的腎臟功能持續惡化。儘管嘗試各種辦法,但情況一步一步把我們逼進死角。

看媽媽這樣受苦,我很不忍心,有一次,我試探性地對爸爸說:

「媽媽的情況不是很好，這樣繼續下去她可能只是白受苦……」

爸爸聽出了我的試探，很激動地對我說：「不管是什麼代價，都要把你媽救回來。」

我的身體開始跟我抗議。

先是右眼出現了巨大的血絲——眼科醫師說，是玻璃體退化縮小的過程撕扯視網膜，造成局部剝離，並且拉破了附近血管。我根本沒有想到擔心自己的眼睛，只慶幸可以在台大眼科門診做雷射治療，不需花時間住院。

接下來沒多久，是飽脹餓痛的症狀出現，一吃東西就不舒服。我有點逃避現實，自己吃制酸劑，控制飲食，但情況繼續惡化。後來沒辦法，只好去找腸胃科醫師。做完胃鏡檢查後，醫師告訴我應該是壓力導致的胃潰瘍加上胃食道逆流。我沒心情擔心自己的胃，如釋重負地心想，還好只是這樣，如果胃癌在這個時候也來湊一腳，我可就腹背受敵了。

就這樣，我全面作戰。持續一早跟妹婿開媽媽的線上病情會議、吃抗胃酸的藥物、回眼科複診、開劇組的籌備會議、買高鐵票、在台北嘉義奔波、去加護病房看媽媽、跟爸爸報告媽媽的病情、然後陪爸爸去複診、拿藥、吃飯，鼓勵他要走動……

爸爸的日常活動是晨起走路，下午騎車去他的一小塊田地照顧蔬菜。

印傭不時打電話來報告說：「阿公騎摩托車出門，回家忘了摩托車丟在哪裡。」還有一次，爸爸忘了怎麼回家，大家分頭去找，我也連忙搭高鐵趕回南部。還好最後是附近的鄰居發現了他，把他送回家。

我和弟弟、妹妹互相安慰，遺忘或許對爸爸是好的。

媽媽在醫院加護病房是現場，爸爸在家裡也是現場，妹妹就住在嘉義，面對隨時可能發生的狀況，壓力更是到了極限。弟弟和我幾乎把高鐵當成通勤，輪流往返嘉義台北。雅麗拜託我們家兩個小孩也加入輪班的行列，務必讓阿公隨時可以看到親人。

她對我說：「你是家裡的老大。你自己要撐著，要當成這是你自己一個人的事，感謝弟弟、弟妹、妹妹以及妹婿幫你一起照顧爸爸媽媽。你們誰都不能垮掉。只要一個人垮掉，其他的人都會跟著一起垮掉。」

偶爾，筋疲力竭地坐在深夜返北的高鐵上，看著窗外的月亮，我會想起住院醫師時代，最忙最累，到處奔波演講時，在高速公路看到的那輪明月。

當年雖然辛苦，但是因為心中帶著想望，滋味還是甘美的。但是現在面對這些看似絕望的困境，我的想望是什麼呢？

望著窗外的明月，《金剛經》裡面那句話宛然浮現。

應無所住而生其心。

用來對應我的當下，應無所住（執著）的，是事情的結果。應生起的，是努力地做好當下該做的事情，不要讓自己將來留下任何遺憾的心。

雖然算不上想望，但卻是一種對生命的自我期許。

這句話，給了我很大的撫慰。

媽媽中風一百多天後，毫無預兆地，發生了敗血性休克，經過急救，雖然勉強把血壓拉上來，腎臟已經完全衰竭了。

妹婿說：「要繼續維持生命，只能裝人工血管，每個禮拜洗腎。但她的狀況，每洗一次腎，都必須冒著生命危險……」

眼看媽媽從中風一路到心臟衰竭、呼吸衰竭、營養不良到腎臟衰竭，情況每況愈下。看著她飽受折磨，我跟弟弟妹妹背著爸爸，召開了一次家庭會議。

弟弟問：「如果不洗腎，會怎樣？」

妹婿說：「一個禮拜左右，媽媽會因為尿毒累積，心臟停止跳動。」

妹妹問：「她會痛苦嗎？」

妹婿說：「她會漸漸失去意識，不會感覺痛苦。」

我們做了一次投票，決定不再給媽媽做人工血管手術。為了不讓爸爸擔心，也怕他無法承受，我們瞞著他這個決定。

接下來，連《金剛經》那句話，也撫慰不了我了。

不在嘉義時，我幾乎沒有一個晚上可以睡好，就算睡著了，也總是半夜驚醒居多。開會、處理事情時算是好的。獨處的時候，雖然累，但真正躺到床上，空虛的感覺又會讓我坐立不安、喘不過氣來。

我算是個叛逆的孩子。從小到大，關於我自己未來的決定只要稍不如意，一定跟我媽力爭到底。媽媽總是有耐性，和顏悅色地跟我溝通。這次我卻連跟她商量的機會都沒有，就替她作了這個決定……一想到這個，一股無可抑遏的悲傷就從四面八方撲過來，完全無法抵抗。

那個決定之後一個多禮拜的一個晚上，我接到了妹婿的那通電話。

「媽媽走了。」他說。

5

媽媽生病時，正是Covid-19開始在全球爆發開來的第一年。當時台灣採行了非常嚴格的檢疫、隔離措施。中國、歐美的大流行對台灣彷彿都是電視裡面遙遠的事。

喪禮之後，台灣的疫情開始出現了一些隔離的破口。

那個時候，《人浮於愛》已經籌備快一年，從主創到演員、劇組人員都已經一一簽約，開始陸續進組。

基於之前台灣防疫成功的經驗，我們還是決定依照原定計畫繼續。但隨著開拍時間接近，情況越來越不樂觀。疫情的緣故，包括機場、學校、游泳池、體育館、大型公共場館、遊輪等都開始拒絕出借場地。我們只好想辦法尋找新地點、甚至不得不更改劇本配合場景，開鏡時間一延再延。

劇組浩浩蕩蕩上百人，每天都必須支付薪資。從演員到工作人員的合約都有一定的檔期，沒有太多的彈性空間。為了確保能在工作人員的檔期內完成拍攝，執行製作不斷要求增加人手，甚至開出雙組拍攝的預算。

戲劇還沒開拍，前期的現金支出已經高達好幾千萬元。面對後續繼續超支的預算，資金從哪裡來，我當時一點想法也沒有。儘管每天都是壞消息，但劇組所有人都覺得既然已經開始，就應該咬緊牙關，想辦法全力撐過三個多月的拍攝期。

讓我更擔心的是爸爸。

那個會議的決定，我從來沒有跟爸爸說過。喪禮之後，他變得更加沉默寡言。偶爾，他會淡淡地感嘆說：「唉，你媽就這樣過了一生。」此外，沒看過他有任何激動或崩潰的情緒。他努力維持自己過去的固定作息、路線，但狀況不斷。給他的零錢不見了、機車不見了，甚至人找不到回家的路。更多時候，就算我人在嘉義，他也搞不清楚我什麼時候回來的。有時候，看到我時，他甚至會問：

「你是回來了，還是要回台北？」

不在嘉義的時候，印傭不時會打電話來說「阿公不吃飯」、「阿公忘記怎麼回家」或「阿公不要我跟他出門」。

我們買了定位、通話的手錶讓他戴在手上。有時候，人在劇組辦公室，我常常心神不寧，盯著手機上的定位看。往往持續了一、二個小時，那個點都停在路邊不動。我想打電話給他，想想又按捺下來了。定定地看著那個不動的點，我想著他一個人孤單的身影。我知道他在發呆，我也在發呆。

有時候，我忍不住打電話給他，他接起電話，聲音聽起來宛如大夢初醒。我問他在幹什麼，他跟我說：「在看風景。」

「路邊有什麼風景？」我問。

「沒有，就是車。」

「看車看那麼久嘰？」我又問。

「還有人。」他說。

我們的對話大抵如此，我問一句，他回答一句。我知道他不想讓我擔心，也沒有多餘的力氣回應我的關心。

有一次，我故意南下陪他散步走日常的固定行程，一路走到了農田。我驀然發現，過去生意盎然地長著各式蔬菜的田，現在只剩下一片荒蕪。

《人浮於愛》影集在二〇二一年五月七日正式開鏡。開鏡的時候，全部需要一百五十幾個場景，將近還有二分之一場景沒有著落。但走到這一步了，只能硬著頭皮繼續向前衝。

儘管每天都能把預期的拍攝場景在時間進度之內拍完。但外聯組不斷傳來這個場景借不到，借到的場景臨時又被拒絕的壞消息。

缺乏主場景的結果，我們只能一直在一些周邊零零散散的場景上拍一些不重要的過場。副導更是告訴我，情況再不改善，過不到兩個禮拜，我們很可能就會因為場景，被迫斷炊。

這個過程，我當然是睡不好的，一切都跟當初開網路公司走下坡、小兒心臟外科面對不確定的死亡……沒什麼差別，同樣的夢魘全部又捲土重來。

每天我都盯著衛福部下午的疫情直播記者會。

聽著這裡新增案例以及死亡人數節節高升，心情也隨之上下起伏。

一個禮拜之後，我去超市買東西，突然發現大排長龍，這才聽說台北市疫情大爆發。台北、新北市政府緊急宣布雙北地區進入三級警戒。我們的拍攝團隊正在一棟商業辦公大樓內拍攝，才過中午，就被迫整組撤出大樓。

當晚我召集所有的主創在線上開會，當時病毒的致死率還滿高的，考慮到安全問題，我決定當下停拍、解散劇組。

作完決定之後我明白，之前幾千萬的花費以及努力，應該全白費了。

開完會，電話響了起來。我一看到是南部家裡的電話號碼，連忙接了起來。

「你那邊都還好嗎？」是爸爸的聲音，他在電視上看到了三級警戒的消息。

「還好。」停了一下，我問爸爸：「你那邊呢？還好嗎？」

「還好。」他說。

「你出門運動要戴口罩噢。」

「我知道。」

幾個禮拜之後，爸爸突然開始咳嗽，人變得不舒服。妹妹把他送進醫院。檢查的結果，發現肺部X光片上出現了一大片霧花花的白影。

「是Covid引發的肺炎嗎？」我在電話中問妹婿。

「不是，已經做了二次PCR了，二次都是陰性的。」

他的情況惡化得非常快，本來只是喘，很快需要插管，氧氣供應。不穩定的血壓、各式各樣的肺部感染、抗藥性、抗生素的副作用……多重器官衰竭，媽媽住進加護病房後出現的問題，在往後的一個多月裡，在爸爸身上，幾乎又重複了一遍……

爸爸彌留時，人還清醒。我握著爸爸的手，告訴他，我跟他說我很愛他。

我感謝他把我撫養長大，讓我變成現在這樣的一個人。

我很珍惜跟他在一起的時光，我希望如果將來有機會，一定還要跟他在一起……

這些話，在向來質樸無華的爸爸聽來一定很不習慣。但我有一種衝動，一定要親口告訴他這些。爸爸插著管，一如以往地沉默。他只是虛弱地轉過頭來，看了我一眼，淚水沿著他的臉頰滑落。

辦完喪禮之後，不再需要每天線上跟妹婿開病情會議，沒有南部的緊急電話要接，也不用線上訂高鐵票，我忽然覺得整個人空空蕩蕩的。

過去上編劇課的時候學過：

「國王過世了，接著，皇后也過世了。」這是敘述。但如果是「國王過世了，皇后因為傷心，也過世了。」這就是情節。當時我心裡懷疑，傷心怎麼可能讓人過世呢？

想起這件事，我愣了一下。

我忍不住拿出手機，看著母親中風之後剛開始復健，父親在一旁給她加油的模樣。聽到爸爸聲嘶力竭的聲音，以及媽媽咬著牙努力，搖搖擺擺的樣子，我再也無法抑遏，崩潰地大哭了一場。完全停不下來。

6

斷斷續續，我一直在失眠。有時候好不容易睡著，半夜驚醒，再也睡不著了。黑暗中，只剩下不屬於自己的遊魂，失去了想望的感覺，也失去了任何真實存在感。那種感覺不是痛苦、也不是悲傷、甚至連感覺也說不上來，純粹是一種繞樹三匝無枝可依的走投無路。

戲劇停拍燒掉了不少現金。到了那年年底，重啟還是無望，主要演員合約也都解約了。疫情什麼時候結束，這部戲到底還有沒有機會重新開始，當時其實全部都是未知數。

那之後，我把《金剛經》從頭到尾又讀了好幾遍。讀了不曉得幾百遍的「應無所住而生其心」時，我決定不能讓自己繼續這樣下去了。

《人浮於愛》影集一集的劇本大約一萬三千字。十四集的劇本長度將近十八萬字。開拍前儘管已經修修改改、但開拍之後，對於內容，我還是有許多不滿意的地方。

我開始重新修改劇本。扣除之前七次的改寫不算，十八萬字的旅程，我像抄寫經書一樣地一集一集地重新改寫，就這樣，獨自面對屬於我一個人的江湖，來來回回又重寫了七次。

儘管腰瘦背痛、疲累交加、肌腱發炎……但透過這個持續了一年的過程，我的睡眠漸漸好了很多。

有很長的時間，我不敢看手機上面任何父母親的影像。我感覺內心深處似乎有個很大的破洞，再也無法癒合。我靠著忙碌的工作，讓自己走在某種看似安定的軌道上。

漸漸，我開始能跟朋友平和地談論父母親過世的事。幾次分享之後，我漸漸發現，原來年紀相仿的朋友，或多或少，都有跟自己父母親告別的經歷。

佛經裡有個出名的故事是這樣的：一個母親抱著孩子的屍體到佛陀面前，希望佛陀能夠救她的孩子起死回生。佛陀許應，只要這個母親去城裡找一戶沒有死過親人的人家，要到幾顆芥子，祂就能讓小孩起死回生。這個母親走遍全城，找不到沒有過世親人的家庭，終於慢慢理解，並接受了這件事。

生命從來沒有許應我們一路美好。這趟旅程，本來就是有晴、有雲，有風又有雨。不同年紀有不同的功課，有些人的功課容易，有些人的功課難，但無論如何，每個人都有各自人生必須面對的功課，誰也無從逃避。既然無從逃避，就好好面對它，接受它吧，我告訴自己。

偶爾，一陣無法自拔的沉溺與痛苦還是會突然襲來。在那樣的時刻裡，曾經醒悟過的道理，安慰過別人的話，往往也派不上太大的用場。

就像「應無所住而生其心」的道理，就算明白了，內心的情感還是達不到那樣的境界。想想，這樣無可抑遏的椎心之痛或許這就是「愛」

的重量了吧。

真的做不到放下的話，就接受放不下這件事吧。真的什麼撫慰都找不到時，就什麼都不要做，安靜地等待時間過去吧。沒有什麼是永恆不變的。那些最美好的也好、最痛絕的也好，一樣都會過去。只要能學會跟真實的自己好好相處，悲傷最後還是會自己離開的。

二〇二二年，我找到了新的資金、也組成了新的主創團隊，跟著導演與編劇團隊，把劇本從頭又修改了一遍。

二〇二三年，疫情期間停拍的那部戲，終於重新開鏡。重新開拍意外地順利，到了夏天，這部戲依照預定的時程殺青了。

又過了一年，我終於漸漸有勇氣直視手機的影片畫面中，父母親栩栩如生的模樣了。

看著他們栩栩如生的笑容，我開始又感受到，那些我曾覺得最珍貴，以為完全消失的，其實一直都在。儘管那些殺不死我的，並沒有讓我變得更強壯，但我知道，經歷這些，我可以變得更堅韌。

是的，時間終究會改變一切。不管是好的，還是壞的。我開始感覺到想望，彷彿看見烏雲背後那道銀色的光。

內心那道傷痕也正在癒合，我知道。

Chapter 8

我們終將一再相遇

如果我所仰望的前輩們都這樣做，我也跟著做，
曾經為了那樣的想望盡過了力，
不管結果是成功或失敗，
至少這個過程，是不會讓自己失望的吧……

《人浮於愛》影集剪接過程中，我接到了一個邀請。

那是位於陽明山上的迷你小學。學校想把畢業典禮辦得像金鐘獎頒獎典禮一樣，當場揭曉。學校的老師說：

「我們不會用成績的排名來給獎，而是孩子自己依照自己的興趣、專長、特質等能力自我推薦，再由老師們一起開會幫孩子選一位典範人物作為他的多元智慧獎項，作為他未來學習的榜樣。」

今年的「多元智慧」獎，他們想要頒獎給一個小朋友，學校老師形容他：

「才華洋溢、熱中學習探究，他的志向是成為一個醫生。他的文字是有魅力的，在寫作中常常融入個人獨特的情感，讓人深受吸引。」

他們覺得我可以當這孩子的榜樣，希望我能作為「多元智慧獎」的頒獎人，錄一段話，在頒獎當天投放在大螢幕上，作為送給這個孩子的祝福。

我覺得這件事很有意思，於是錄了一段影片，加上字幕，給了這位同學一些勉勵與祝福。

過了沒多久，我收到了當天畢業典禮活動的照片。還附上了這個國小六年級陳同學寫給我的一封信。這封意外的信是這樣開始的：

侯文詠伯伯您好：

我是乖乖國小的不乖陳昀鑠，感謝您百忙之中錄影片給我們，帶來許多勉勵的話，讓我深刻感受到，您是一位很真誠且處處替我們著想的大人物。

將記憶的琴弦撥回小時候，在我從小有記憶以來，媽媽就神秘的告訴我，說我們是魔法族，我是一位魔法師的後裔，我們必須在魔法世界裡，學習魔法，我也總是在這魔法世界裡玩得不亦樂乎，媽媽說那年我才3歲。

長大後才知道，原來那些無私幫助我的魔法師們不是真正的魔法師，而是醫生，所謂的魔法世界則是醫院。

如果未來有能力，我也想回饋社會，當一名魔法醫生去幫助和我一樣的小孩，因為我知道他們會對人生感到迷茫，我也知道他們常常在學校裡會感到無助徬徨，而他們也常常是老師或大人眼裡的那些「不乖」。

當我看到這本「不乖」的簡介後，我毫不猶豫的選擇這本書，因為我在老師的成績單評語裡，我是一個有旺盛的好奇心、對知識探索渴望、思想獨特創新的小孩？老師字字透露著我非常「不乖」的氣息。可能也或許如此，這本書總能句句觸動我的心弦，抨擊我的心臟！

「不乖」裡的每一則小故事都讓我看得意猶未盡，簡單來說，不乖不是真的要我們不乖，而是要我們懂得積極去「思考」，去思考知道自己想要什麼。而不是只是順從大人給你的指令，做一個被操控的人生，人生就要懂得讓自己過得「不乖」一點。

馬克吐溫曾說：「二十年後，你會後悔當初沒做的事多過於你所做過的。就拋出帆索吧，離開那安全港大膽的啟程，追尋那帆裡的信風。去冒險，去築夢，去發現新事物。」

想想，好像我真的就是如此「不乖」難以掌控的小孩？

……

讀著這封信，我的震撼不小。一方面，這篇文字寫得太流暢了，信中成熟的想法到了難以想像是出自一個十二歲的小朋友。更沒想到的是，我寫的文章，竟可以引發一個十二歲的小孩這麼多的思考。

一邊讀著這封信，我想起之前曾經主持廣播節目時的往事。

1

我曾在台北之音廣播，主持一個叫做台北ZOO的廣播節目[10]長達四年左右，那是一個每個週日早上播出長達二小時的節目。從頭到尾，只訪談一個來賓。

推動我接下主持這個節目最大的動力之一來自於，我想親炙當代最想見到的重量級人物。因為這樣的私心，從一開始做節目時，我就心心念念想邀請大學那場演講，對我影響很大的黃春明老師來上節目。但黃老師住在宜蘭，各種因緣際會，這個訪談一直安排不上。

我很幸運，陸陸續續在那個廣播節目，訪問過了聖嚴法師、李國修老師、賴聲川老師、魏龍豪先生、劉其偉老師、李寶春老師、瘂弦老師、李敖先生、侯孝賢導演、林懷民老師、蔣勳老師、小野先生、詹宏志先生、吳念真先生、嚴長壽先生、黃達夫教授、姚仁祿先生、張小燕小姐、王偉忠先生、羅大佑先生、苦苓先生、蔡康永先生、羅曼菲小姐、張曼娟老師、吳淡如小姐、侯友宜先生、馬英九先生、陳水扁先生、林義雄先生、余秋雨先生……（還有很多先進、前輩，就不一一列舉了）

一、二年後，執行製作終於約到了黃春明老師來錄音。我喜出望外，簡直像個小粉絲一樣興奮。

我有點坐立不安，邊準備訪問題綱，邊想著應該告訴黃老師，他曾給我的影響。過幾天，開始懷疑，這樣做是不是太不專業了。過了幾天，又覺得無論如何還是應該跟黃老師表達我的敬意。總之，我的內心就這樣，朝三暮四、朝四暮三、七上八下。

錄音當天，我們約定的時間是一大早，我出門時正是上班時間，不

10 這個節目是由崇友文教基金會贊助提供，後來我們把錄音的內容出版成有聲書。在參與的來賓的支持下，我們把銷售版稅連同崇友文教基金會的捐助，贊助了新竹誠正中學（少年矯正學校）烘焙教室，以及全台各少年監獄、少觀所、輔育院圖書。

巧在忠孝東路上碰上施工，阻塞了二線道路。

我就這樣塞在車陣中，無可奈何地看著手錶時間一分一秒過去。等我抵達錄音室時，已經遲到十幾分鐘了。

遠遠地我看見節目的執行製作神色不安地陪著黃老師，在錄音室樓下一樓等著。我一臉抱歉地上前一鞠躬。還不等我開口，黃老師不開心地說：

「我從宜蘭坐火車來都已經到了，你年輕人還遲到這麼久，一點禮貌也沒有？」接下來，黃老師說他沒有心情錄音了。

我有點愣住了，這樣的場面，我就算做夢一百次也想像不到。

我回過神來，慌亂地解釋自己的遲到，還說了大學時代聽到老師的演講，對我的影響……

儘管我說的都是事實，但越解釋，似乎只是讓人覺得這些話微弱又蒼白。我心想我完蛋了。

我厚臉皮地再三道歉請求。無論如何，請黃老師一定要留下來錄音。拗不過我的懇求，黃老師有點心軟，他說：

「就上去錄一段吧。十五分鐘。」

我一再解釋，這個節目是個二小時的一對一訪談。但黃老師非常堅定地說：「十五分鐘，錄完我就離開。」

二個小時長的節目，如果只錄十五分鐘，基本上，跟沒錄是一樣的意思。但問題是，如果連這一段都不錄，不等於不歡而散了嗎？下次想再約訪談，應該不可能有機會了吧？黃老師可是我的文學偶像，事情怎麼會搞成這樣啊……

總之，這完全不是我想在人生留下的惡夢。

權衡輕重之後，我心想，十五分鐘就十五分鐘吧。我抱著搞不好有機會讓黃老師回心轉意的一廂情願，硬著頭皮請黃老師上樓進錄音室，在麥克風前坐下來。

等節目的片頭過後，我們開始了訪談。

我深吸了一口氣，決定從黃老師年輕歲月談起。

黃老師顯然對我的問題有些意興闌珊，有一搭沒一搭地回答著。隨著時間一分一秒過去，我覺得自己像是一千零一夜那個嫁給國王，靠故事的懸疑保命的少女，但我只能靠問題。而且，天就要亮了，我的問題似乎一點也沒有引起來賓的興趣。

我注意到自己脖子發燙，頭皮發麻，心跳加速，感覺上好像一步一步走向斷頭台似的，我心裡吶喊著：不要。我不要這樣的結局……

最後五分鐘，我們的話題，從最初的創作，跳到黃老師在電視台的工作。在手上資料有限的情況下，我一點也不知道當時他在電視台擔任什麼職位，又做了什麼事，只能蒙著眼睛盲問。

聽到我的問題，黃老師更是興趣缺缺。他說：

「那些節目，後來都被禁了，一切都過去了。什麼都沒留下。」

所以，是有個節目的。我小心翼翼地問：「為什麼會被禁呢？」

「當時因為布袋戲很紅，所以我就在中視做了一個偶戲兒童節目。當時我設計了一個畫面，在太陽要下山的時候，會沿著山像滑梯一樣慢慢地下去，動物們看到了就跟男主角說：『太陽要回家了，我們跟它回去好不好？』男主角說好，要大家快點。於是小孩跟動物一個個爬上山，呼喊著：『太陽公公等我們一下！』太陽本來要下山了，就真的等他們，等大家都在一起才一起下山。」

說到這個，我覺得畫面似乎似曾相識，但一時之間又想不起來在哪裡見過。

「很生動啊，」我說：「為什麼會被禁呢？我聽不出有什麼問題？」

「當時，審查的人說紅太陽隱喻毛澤東，他們認為這個節目有政治的影射。」

「啊。這麼誇張？」

「當時節目中還有一隻禿鷹是壞蛋，禿鷹的造型頭光光的，禿鷹飛過青天白日，他們說這是在影射蔣介石……」

禿鷹「灰和尚」！！！

突然間，小時候守在電視機前等著看《貝貝劇場》，以及跟著每個角色又唱又跳的印象全部都回來了。

黃老師的眼神很黯淡，似乎一點也不想多談這些往事，只是淡淡地說：「過去了，什麼都過去了，什麼都沒留下。」

「老師，」我說：「沒有過去。它們沒有過去。」

黃老師有點不解地看著我。

說著，我開始唱禿鷹「灰和尚」的主題歌。二十多年來，我一直記得清清楚楚，我唱著：「頭上無毛亮光光，我是禿鷹灰和尚，別看我的醜長相，要比口福誰敢當……」

看著我，黃老師好像看著從來沒有見過的怪物似的。

為了讓自己表達得看起來更真實一點，我更興奮地又繼續唱著另一個角色——大象「八頓將軍」的主題曲。

就這樣，這個段落的節目最後五分鐘，幾乎成了我個人的演唱會。

唱完之後，我看著黃老師，對他說：

「老師，沒有過去。它們全在像我這樣小孩的心靈中留了下來……」

我無法形容黃老師當時看著我的表情，他臉上的線條變得無比柔和，說不上來是訝異、還是感動。我們誰也沒有接話。

很快，這一段的錄音時間就到了。

錄音停下來的時候，我們同時都安靜了一下之後，我問：

「老師，我們繼續往下錄好嗎？」

他說好。

2

謝謝容許我現在可以在信裡當個「不乖」的小孩，我覺得「不乖」這個詞，在我的年齡裡發揮是要付出代價的，也並不適合存在所有年齡？因為在老師/大人的年齡世界裡，他們可以盡情隨心所欲的「不乖」。

而我這個年齡來說，這個「不乖」那就真的是不乖了，我彷彿站在天秤的兩側，有人喜歡我的不乖，有人不喜歡我的不乖，這樣的「不乖」總是讓我在學校，感受到我和同學們的截然不同，有時候我也在想，我是不是就學著「假裝乖」一點比較好？為什麼我要那麼「不乖」給自己找麻煩？

……

回想起來，當年我一心一意，非得邀請黃春明老師來上廣播節目，內心深處，其實只是為了再一次確認，我相信的事情。

當時展開在我面前的兩條路，醫師——一條值得「努力」，並且收入、地位穩定明確的道路，另一條是寫作——一條「好玩」、開拓視野，也學到了許多新本事的路，但未來充滿變數。

事情變得越來越清楚明白，我不可能同時都把這兩件事情做好。放棄寫作，乖乖地做個醫師、教授，我不甘心。但反過來，要放棄醫師，只專注地寫作，我的內心仍然充滿猶豫與彷徨。

那次錄音，我並沒有機會告訴黃春明老師，如果不是大學聽到他那場演講。我不會帶著某種覺悟，試著去做這麼多當時看起來，根本就只是「貪玩」的事情。

為了這些說不出來所以然的好玩，大學期間，當大家在準備期中考時，我在辦活動、搞社團活動、辦演講。進了醫院變成住院醫師之後，除了該有的研讀教科書、研究報告、討論會、進開刀房麻醉，爆肝的值班外，我還利用休息、休假的時間寫作。別人休息時，我在值班。應該補眠的時候，我逼著自己起來寫稿。應該帶孩子去跑跑跳跳的時候，我卻在高速公路上通車，趕演講。

這些，除了單純喜歡之外，我其實是找不到任何正當性、更沒有什麼理論支持自己的。我一點也不知道這樣做，會走到哪裡去，或者能得到什麼？

常常走著走著，走到某個看似山窮水盡的死路，自己開始懷疑起來了，我是不是太任性了。會不會到最後，所謂的「好玩」，其實只是自己「不想努力」的藉口。

錄音的時候，黃春明老師正出版撕紙畫繪本童話故事，還成立了黃大魚兒童劇團，為小朋友忙得不亦樂乎。在麥克風前，他像個老頑童似的，他跟我聊著各種想法以及那些充滿想像力的故事。

聽黃老師侃侃而談，記憶中那些「好玩」的事情，一一浮現。

從小學時代的電視上的《貝貝劇場》、到中學時代小說中的《看海的日子》、《兒子的大玩偶》、《小琪的那頂帽子》、《蘋果的滋味》、《我愛瑪莉》……歷歷在目。在那些令人動容的故事裡，永遠有對弱勢的憐憫、同情，對於權勢與虛偽的譏諷。

還有大學演講，自來水處工作的朋友在電視劇破口的廣告時間看到水位陡然下降的故事，以及聽眾的笑聲。

「在一個所有的人都看一樣的電視劇，同樣的時間上廁所、同樣的時間按馬桶的世界活著，諸位會不會覺得，這樣的人生太無聊了？」

那些被喚醒的記憶，被啟發的感覺，至今依然栩栩如生。我感受到，好玩就是好玩本身，不需要理由，更沒有什麼道理。

我問黃老師：「聽說你小時候，很不乖？」

黃老師說：「我年輕的時候，非常反叛。那時候學校沒有什麼讓年輕人反省、改過的機制，我被羅東中學、頭城中學、台北師範和台南師範四個學校退學——一直到後來，總算在屏東師範畢業了。」

我很難想像坐在我眼前這個充滿童趣，充滿溫暖、悲憫的老頑童，曾經是個這樣的叛逆少年。我好奇地問：

「所以，你怎麼看待叛逆是好還是不好？」

「一個人具有比較強的反叛性不一定就是不好，因為一旦他的反叛性成熟後，就不是純粹的反叛而已，是有批判。有批判就會有思想、辨別的能力。而這些，正是社會進步與藝術創作所需要的。」

一時之間，我突然理解到，為什麼自己一路走來，會在他的作品中，一而再、再而三地得到啟發與共鳴。

A creative adult is a child who survived.

（有創意的大人是存活下來的小孩。）

不只黃春明老師，那些被我訪問過，我所景仰的典範，他們那些了不起的成就——毫無例外地，全都是從孩子似的「好玩」出發的。

因為「好玩」，所以永遠都保持熱情。

像是有一集，為老鷹奉獻一生的基隆野鳥學會創會理事長沈振中老師來了。我問他開始觀察老鷹的經驗？他說，有一次，他在基隆看見老鷹，著迷地騎著摩托車追蹤老鷹的行蹤，從白天跟到晚上，人已經在太魯閣了，天氣變得又濕又冷，他才發現自己只穿了一件薄汗衫。

或者，另外一集林懷民老師來了。那時候雲門舞集還在辛苦支撐，到處募款的年代，我問他：

「雲門就算把一年演出的票都賣掉，也還是要虧好幾千萬。這幾千萬，每年都不曉得在哪裡？為什麼還能高高興興地做下去？」

林懷民老師給我的回答非常抽象。他說：「我相信台灣有這個福報。只要台灣有這個福報，雲門就能繼續下去。」

侯孝賢導演來的時候，他回答更絕妙了。

我問他：「你屢屢在國際得獎為台灣爭光，但聽說拍戲賠錢還得抵押房子借錢。這次，你怎麼說服太太的？」

本來以為他會說出一番犧牲、奉獻的大道理，結果他幾乎是不假思索，乾脆利落地說：「我告訴她：這齣，穩賺的。」

回到當年的彷徨，到底走這條路比較好呢？還是走那條路比較好？事實上，在當時，就算我想破頭，也不可能有真正的答案的。

那時候，我只是在想，如果我所仰望的前輩們都這樣做，我也跟著做，曾經為了那樣的想望盡過了力，不管結果是成功或失敗，至少這個過程，是不會讓自己失望的吧……

這樣的聲音在我的內心變得越清楚而明晰。

3

信裡面，昀鑠還說：

我很喜歡書上的一段話，短短幾句也讓我茅塞頓開，心情如釋重負，書上寫說：「沒有『輕狂不乖』少年的經驗，就不可能造就出一個深思熟慮的成人。就像許多植物都必須受到溫度或照光的刺激之後才能開花一樣。叛逆、不乖也是生命之中開花、結果必須的『生長激素』啊！」

人生是該添加一點輕狂不乖的生長激素，即使它會帶我繞一點遠路，或是根本到不了終點，正所謂不經一事，不長一智，誰可以認定這些過程與經歷就是不好？也或是，難道做任何事情一定就要有它的意義嗎？沒有意義就真的沒有意義嗎？

當我質疑我自己的時候，我爸媽也是要求我不斷的去思考，相信自己的判斷，遵從我內心的聲音，去做我熱愛的事，我也不斷的嘗試—失敗—嘗試—再失敗，雖然常常會失敗，他們也是笑笑跟我說，這沒什麼大不了的，一年後再回頭看，會發現這只是微不足道的小事，這其中我得到的「經歷」才是最重要的。

我能稍稍理解書上說的「失敗的遺憾是錯過成功，但成功的遺憾卻是不知道自己到底錯過了更多的什麼？成功哪有失敗好？」這句話的含義，更多的理解，還是得未來靠我自己去慢慢體會。

我也會聽你的建議，持續多閱讀，英國哲學家培根說過：「閱讀並非為了辯駁，也不是為了輕信與盲從，而是為了思考及權衡。」

閱讀宛如源源不斷的水，它會去滋潤我的井，能讓我得到知識、智慧，增廣見聞，讓我培養獨立思考，最最最重要的是，它也會讓我更懂得如何好好當一位「不乖」的人，讓自己的人生變得更有意義。

祝福您身體健康，書本能大賣！

大屯國小六年甲班陳昀鑠敬上

2024.6.24

謝謝昀鑠。讀著你寫的信時，我的內心是激動的。

一種似曾相識的感受變得如此真切。我覺得自己彷彿就坐在黃春明老師的位置。而當年對黃老師訴說著「它們全在像我這樣小孩的心靈中留了下來……」的我，現在變成了你。角色易位，我可以感受到，當年在錄音間，當我唱完歌，黃老師看著我時，臉上那種訝異、驚喜、欣慰……的複雜表情。

如果我寫的東西，啟發了你一些想法或感動，那是因為，在我還是你這個年紀的時候，曾經有很多大人，讓我看見了好玩的滋味，給了我力量。讓我有勇氣去做很多事情。

那樣的經驗，也讓我對於寫作這件事多了新的想望，那就是：

我想變成跟我所想望的大人一樣，也能帶給別人力量。

謝謝你讓我看見，原來我寫的東西的確是可以給別人帶來力量的。因為這樣，讓我有了更多力量，持續寫下去。

看見了嗎？我之所以想要變成作家，是因為曾經有過厲害的作家的作品，給了我力量。當我成為作家之後，我持續寫作下去最大的動力，也來自於感受到我寫的東西能帶給像你這樣的讀者力量。

作家與讀者、醫師與病人、老師與學生、父母與孩子……這些我經歷過的角色，它們都是彼此互相成就的。能夠彼此互相成就的事情，到最後，也一定會是好玩、有趣，又樂此不疲的。

這些人生的道理，到最後，你會發現其實都很相近。

你說，你看到在老師、大人的年齡世界裡，他們可以盡情隨心所欲地「不乖」，這些其實只是表象。老師也好、大人也好，一樣有很多他們應該要怎樣、怎樣的規矩。或許你現在看不到，但慢慢你一定會體會到。

將來在人生的路上，有些事情很容易分辨，也有些事情並不容易。但重點並不是「乖」或「不乖」，因為乖與不乖都是相對於別人所設定的標準而存在的。一旦標準不同，「乖」就變成「不乖」，「不乖」也會變成「乖」的。而這些標準隨著場所、文化、政治氛圍、以及時間，不斷在改變的。它們常常變得彼此矛盾、複雜糾結。人在其中，很容易就昏了頭。

因此，最重要的是要忠實自己內心的真實感受。而不是外在聲音，哪怕多麼喧譁、強勢。

不要把自己的內心想成小小的燭火，風一吹就熄滅。事實上，每個人的內心，都存在著一座燈塔。事情好不好玩、能不能帶給別人力量，就跟燈塔的光一樣存在你的內心裡面，一點都不曖昧、晦澀。只要用心聆聽自己的內在——一定感受得到的。認真地對待那個感受，因為它永遠會是你最值得信任的朋友，不會欺騙你，更不會背叛你。

特別在猶豫、彷徨的時候，你一定要相信自己。

從不乖出發，是很好的一件事。但不乖本身不是目的，只是一個起點。它追尋的目標與其說是叛逆，還不如說是為了迎向內心那座燈塔的光。

少了好玩，給別人力量的動力，事情就無法持久。無法持久卻又必須一直做下去的事情，就成了一座難以脫逃的人生監獄。

這樣說，能明白嗎？

如果還是很難明白，也沒有關係。就像打遊戲破關一樣，將來還有無數的關卡會出現。隨著長大，人在江湖，各式各樣的事情很多，灰心、挫折的時刻也在所難免。碰到那樣的時刻，給自己一段時間，什麼都不用做，只要安安靜靜地感受內心那座燈塔，以及曾經見過的光吧。

它們一直都會在的。

4

每次新書出版、或者演講時，總是會碰到很多幾十年的老讀者，排隊給我簽名。

簽名的時候，我總是不由自主地想起被我貼在書桌前的白板上，大作家昆德拉先生在生前給我畫的一張有個兩個大眼睛的圖案，上面用法文署著 Pour Wen Yong（給文詠），以及底下的簽名 Milan Kundera（米蘭・昆德拉）。

我的老讀者喜歡說：「我是從小看你的書長大的。」

更誇張地，有些人雖然看起來不小了，還會故意說：「我媽把你的書丟給我看，她說她也是看你的書長大的。」

甚至有讀者還會故意帶三十多年前出版的書來到我面前。

他問：「可以幫我簽名嗎？」

我看了一眼，發現上面有我二十多年前的簽名，十多年前的簽名。

我說：「你要那麼多簽名幹嘛？」

「沒幹嘛，就是見證。」

「見證什麼？」

「見證你還在寫，見證我還在讀……」

我笑了笑，開心地在上面簽下我的名字，還有日期。

是啊，我懂。我真的完全明白。

關於好玩或是想望這樣的事，我從沒放棄。你也不要放棄。

一直到現在，我都還會問自己，當初那個「好玩」的初衷是不是還在？我做的事，是不是能給別人帶來力量？

我很清楚地知道，如果是的話，我就能擁有做下去的力量。只要持續做下去，我就能保有一個值得的人生。如果不是的話，我所得到的——哪怕再多，都無非只是一座荒涼的廢墟。

回想起來，我是幸運的。

如果沒有這麼多出現在我面前的典範、大人，跟我說了那麼多發生在他們身上的故事，給了我力量，我是不可能勇敢地作出這個成為作家的決定。在那之後，如果不是那麼多讀者回饋給我那麼多的熱情，我更不可能一路都如獲至寶，這麼開心地走到現在的。

一條「好玩」、「不乖」的路，並沒有想像中那麼寂寥。因為想望，因為內心的光，我很確信，我們終將一再相遇。

國家圖書館出版品預行編目資料

變成自己想望的大人 / 侯文詠著. --初版.--臺北市：皇冠文化. 2025.07
面；公分（皇冠叢書；第5238種）（侯文詠作品集；22）

ISBN 978-957-33-4320-2 (平裝)

863.55　　114007810

皇冠叢書第5238種
侯文詠作品 22

變成自己想望的大人

【侯文詠的成長四部曲——實現自己】

作　　者—侯文詠
發 行 人—平　雲
出版發行—皇冠文化出版有限公司
台北市敦化北路120巷50號
電話◎02-27168888
郵撥帳號◎15261516號
皇冠出版社(香港)有限公司
香港銅鑼灣道180號百樂商業中心
19字樓1903室
電話◎2529-1778　傳真◎2527-0904
總 編 輯—許婷婷
責任編輯—黃雅群
行銷企劃—薛晴方
內頁設計—李偉涵
著作完成日期—2025年02月
初版一刷日期—2025年07月
初版五刷日期—2025年09月
法律顧問—王惠光律師

讀者服務傳真專線◎02-27150507
電腦編號◎010021
ISBN◎978-957-33-4320-2
Printed in Taiwan
本書定價◎新台幣380元/港幣127元

封面照拍攝協力
攝影：YJ Chen
造型：黃偉雄
妝髮：韓子剛
服裝：SANDRO